Georges Simenon

Die beiden Alten in Cherbourg

5 Erzählungen

Deutsch von Inge Giese und Reinhard Tiffert

Diogenes

Die fünf Erzählungen sind dem französischen Sammelband
›Les petits cochons sans queue‹ entnommen.

Inge Giese übersetzte ›L'escale de Buenaventura‹,
›Little Samuel à Tahiti‹ und ›Le vieux couple
de Cherbourg‹, Reinhard Tiffert ›Les mystères du Grand-Saint-Georges‹ und ›La tête de Joseph‹.
Umschlagfoto:
Eberhard Grames / Bilderberg, Hamburg

Deutsche Erstausgabe

100/90/43/1
ISBN 3 257 21943 1

Inhalt

Das Geheimnis des Grandhotels ›Sankt Georg‹

I

Man kann wohl sagen, daß es Schultz war, der ihn zuerst gesehen hat, denn obwohl sich der alte Kutscher am späten Nachmittag in einem fortgeschrittenen Stadium der Trunkenheit befand, bemerkte er doch, daß dies kein gewöhnlicher Fahrgast war.

Später verstieg sich Schultz gar zu der Behauptung, sich beim Anblick des Fremden unwillkürlich bekreuzigt zu haben, aber so ging es regelmäßig mit allen Erzählungen des Kutschers, der, je älter er wurde, mehr oder weniger wahrheitsgetreue Einzelheiten einflocht.

Fest steht, daß es sich einige Tage, jedenfalls weniger als eine Woche vor Weihnachten zutrug, denn alle Auslagen waren schon mit Weihnachtskrippen dekoriert. Außerdem lag ein pappiger und harter Schnee, und mehrere Wochen verkehrten schon statt der Wagen Schlitten in der Stadt.

Schultz stand mit seinem Gefährt und seiner kahlfleckigen alten Stute am Bahnhof, denn er hatte lieber mit den wenigen durchreisenden Fremden als mit den Einheimischen zu tun. Es war halb fünf, und alles wartete auf den Zug aus Warschau, der in Wilna um vier Uhr siebenunddreißig eintrifft.

Schultz trug seinen altfränkischen Überrock aus Ziegenfell, der noch auf zehn Meter nach Stall roch. Unter seiner bis in die Augen gedrückten Fellmütze verschwand sein Gesicht fast hinter den rötlichen Haaren seines Schnauzers und Bartes, den immer Tröpfchen benetzten.

»Als der Zug einfuhr«, erzählte er dann, »habe ich sofort gesehen, daß da ein Erste-Klasse-Reisender drin war...«

Und Schultz hatte sich natürlich gesputet! Er hatte gesehen, wie der Mann die Tür öffnete. Da war Schultz bereits diesem seltsamen Blick begegnet, der einen zwang, vor ihm die Augen zu senken. Ein Blick, der durch einen hindurchging! Ein Blick, der zu sinnieren schien, der die Dinge gern verwickelt sah, fand Schultz.

Es war offensichtlich ein Fremder, das sah man an seiner Art, sich zu kleiden, an seinem mit Etiketten aus aller Herren Länder beklebten Gepäck.

Und reich dazu, denn sein Pelzmantel war mit echtem Hermelin gefüttert, und am Finger trug er einen großen gelben Diamanten.

»Komm her, du versoffener Kutscher!« hatte er Schultz zugerufen. Und Schultz fragte sich später: »Woher konnte er nur wissen, daß in Wilna böse Zungen behaupten, ich tränke mehr Wodka, als es üblich ist?«

Ganz davon zu schweigen, daß der Fremde polnisch sprach. Nicht das Warschauer Polnisch, sondern das Wilnaer Polnisch, aus dem man den Akzent des Ghettos heraushörte!

»Wohin darf ich Euch fahren, Euer Durchlaucht?«

»Zum ›Sankt Georg‹, Mann Gottes!«

Vielleicht hatte er den Namen des Hotels in einem

Reiseführer gelesen. Jedenfalls trat er gelassen aus dem Bahnhof und stieg in Schultzens schlechten Schlitten wie ein Mann, der solche Fahrzeuge gewohnt war. Die Nacht war schon hereingebrochen. Die Gaslaternen zeichneten Lichtkreise auf den Schnee, und auf den Bürgersteigen sah man Kinder in langen Cabanjacken aus der Schule kommen.

Sicherlich übertrieb Schultz, wenn er behauptete: »Den ganzen Weg über spürte ich seinen Blick in meinem Rücken!«

In Wirklichkeit sah der Fremde starren Auges in die vorüberziehende Winterlandschaft, und bei der Ankunft vor dem ›Sankt Georg‹, dem besten Hotel am Platz, stieg er wie vor einem wohlvertrauten Haus ab. Schultz stieß einen kurzen Pfiff aus, um Hans, den Portier, darauf aufmerksam zu machen, daß er einen Gast brachte, und Hans kam hinkend herbei, knurrte beim Anblick von soviel Gepäck, das er nach oben zu tragen hatte.

»Geben Sie mir das große Zimmer im ersten Stock«, befahl unterdessen der Mann, als er vor der Rezeption stand. »Und lassen Sie gut einheizen ...«

Kannte er wirklich das große Zimmer, das den Stolz des Hotels ausmachte, das Zimmer mit der in Weiß und Gold gehaltenen Wandtäfelung, den mit rotem Samt bezogenen Sitzmöbeln, dem großen Fayencekamin, in den mehr als zehn Holzscheite geschoben wurden?

Während man sein Gepäck nach oben brachte, trug er sich in den Meldezettel ein: Ted Moran, aus San Francisco. Dann betrat er den Speisesaal, der zu dieser

Stunde leer war und wo nur kleine, mit rosa Schirmen versehene Lämpchen für Beleuchtung sorgten.

»Guten Tag, Nikolai!« rief er plötzlich. Und der alte Maître d'hôtel, der mit seinem weißen Backenbart dem Kaiser Franz-Joseph ähnelte, fuhr zusammen, drehte sich ruckartig um und hätte beinahe den Stapel Teller fallen gelassen, den er in der Hand hielt.

»Er hat mich Nikolai genannt, und dabei war ich mir bei seinem Anblick sicher, ihn vorher nie gesehen zu haben«, behauptete er später, als diese Dinge bedeutsam wurden und der Maître d'hôtel und Schultz ihre Erinnerungen ausbreiten konnten.

Der Mann, der sich unter dem Namen Moran eingetragen hatte, bestellte zum Abendessen ein Fischgericht, wie es nur in dieser Gegend zubereitet wird, sowie geräucherten Truthahn, eine Spezialität in der Weihnachtszeit.

Er hatte Schultz nicht entlohnt. Er hatte ihm auch nicht aufgetragen zu warten, aber Schultz war nicht so dumm wegzugehen, und er machte sich warm, indem er wie ein großer Hampelmann mit Händen und Füßen schlenkerte.

Es war richtig von ihm zu warten, denn schon um halb sechs verließ der Mann das Hotel und stieg in den Schlitten, nannte eine Adresse im alten Judenviertel und zündete sich dann mit einem goldenen Feuerzeug eine Zigarette an.

In den engen, von Menschen wimmelnden Gassen suchte sich der Schlitten mühsam seine Bahn, und Schultz mußte unablässig rufen, um die Leute aus dem Weg zu treiben.

Und so erzählte Schultz von diesem denkwürdigen Abend.

»Ich fragte mich, was er wohl in der Straße wollte, die er mir genannt hatte, denn es war ein ärmliches Haus in der schäbigsten Ecke des Ghettos, so eine Mietskaserne, wo in fast jedem Zimmer mehrere Familien zusammenlebten.

Dennoch ging er ohne Zaudern da hinein. Ich versuchte herauszubekommen, in welches Stockwerk er gehen würde, aber es gelang mir nicht. Er blieb fünf Minuten, mehr nicht, dann nahm er wieder im Schlitten Platz und nannte mir eine andere Adresse.

Es war noch eine Adresse im Judenviertel. Aber bevor wir dort ankamen, sprang er aus dem Schlitten, als wollte er sich ohne zu zahlen davonmachen. Er lief ein paar Schritte, und ich sah, wie er einen vorübergehenden alten Mann anhielt. Der alte Mann fing an, mit den Händen herumzufuchteln. Er wiederum zog seine Brieftasche und hielt einen großen Geldschein hin: ich bin mir sicher, daß es ein Tausend-Złoty-Schein war, wie ich vorher noch nie einen gesehen hatte. Ein neuer, noch ganz steifer Geldschein!

Wie er dann zurückkam, hatte er seine Meinung geändert und wollte ans Ende der Stadt gefahren werden. Er trat in ein recht sauberes Haus, wie es Offiziere bewohnen.

Schließlich hat er mich angewiesen, ihn ins Dorf zu fahren …«

Für Schultz war das der Punkt, wo das eigentliche Ereignis begann. Daß ein Fahrgast in seinen Schlitten stieg, um Gänge in der Stadt zu erledigen, war an sich schon recht selten, denn sein schlechter Ruf war bekannt.

Aber daß ein Mann, der gerade aus Amerika kam und mit Tausend-Złoty-Scheinen zahlte, ihm so, als sei es die natürlichste Sache der Welt, plötzlich sagte:

»Fahr mich nach Strezv! ...«

Schultz ließ es sich noch einmal sagen, vergewisserte sich, ob es wirklich um das Dorf ging, das über zehn Kilometer entfernt lag. Seufzend wie ein Mann, der sich in das Unvermeidliche fügt, bedachte er seine kahlfleckige Stute mit einem weitausholenden Peitschenhieb.

Bis Strezv brauchte man zwei Stunden, denn der Weg war schlecht, voller Wagenspuren, die man wegen des Schnees nicht sah. Schultz hatte es geschafft, zwei große Gläser Wodka zu trinken. Als sie nämlich vor einem niedrigen, schlecht beleuchteten Gasthaus vorbeikamen, hatte er behauptet, das Öl für seine Laterne werde nicht reichen, und sein Fahrgast hatte nichts eingewendet.

Im Dorf war es anders. Strezv ist ein sehr armes Dorf mit eingeschossigen Holzhäusern, sogenannten Isbas. Eine dieser Katen war Kramladen, Eisenwarenhandlung und Schenke zugleich, alles im selben Zimmer.

Dort trat der Mann mit einer Selbstverständlichkeit ein, als wäre er sein Leben lang in solchen Löchern ein und aus gegangen. Im schummrigen Licht seiner Petroleumlampe sah Schultz, wie er lange auf die Wirtin, eine dürre, vergrämte Frau, einredete.

Daraufhin legte sie sich einen Schal um und ging hinaus, ließ den Fremden im Laden stehen. Kurze Zeit später kam sie in Begleitung eines Mannes zurück, der etwas gegen den Amerikaner zu haben schien.

Schultz hörte nichts. Er sah schlecht. Aber was er deutlich sah, war der prächtige Kinnhaken, den der Fremde seinem Gegenüber so ruhig versetzte, als wenn er ihm die Hand geschüttelt hätte.

Der Bauer taumelte, ging zu Boden, nachdem er eine Schüssel mit marinierten Heringen umgeworfen hatte, während sich Schultzens Fahrgast ohne die geringste Erregung zur Tür wandte und hinausging.

»Fahr mich zum vorletzten Haus des Dorfes...«

Würde dieser Teufelskerl denn Schultz ohne Essen und Trinken bis ans Ende der Welt führen?

Das vorletzte Haus war nicht erleuchtet, und der Mann klopfte vergeblich an die Tür. Darauf entschloß er sich einzutreten. Wenig später waren Stimmen zu hören, die eine schrill, die andere immer noch ruhig, dann Geräusche, die sich ganz wie Schläge ausnahmen.

Hier war eine Lücke in Schultzens Erinnerung, denn es fiel ihm plötzlich ein, daß er Zeit hatte, ein oder zwei Gläser Wodka hinunterzustürzen und einen Räucherfisch zu kaufen. Er lief zum Kramladen in der Hoffnung, man werde ihm berichten, was mit seinem Fahrgast los gewesen war.

Der Mann, der sich auf dem Boden gewälzt hatte, war noch da und schien außer sich vor Wut. Schultz wollte mit ihm anstoßen.

»Auf dein spezielles Wohl... Mein Kunde hat schon seltsame Manieren...«

Aber der andere warf ihm bloß einen gehässigen

Blick zu und antwortete nicht. Die Frau wiederum meinte Schultz im Hinterzimmer schluchzen zu hören.

Mit etwas weicheren Knien als vorher kehrte der Kutscher zu seinem Schlitten zurück. Er stammelte Entschuldigungen, als er bemerkte, daß der Amerikaner schon wieder Platz genommen hatte. Dann schaute er genauer hin, runzelte die Stirn, wobei er sich fragte, ob er nicht doppelt sehe.

Aber nein! Da saß tatsächlich eine zweite Person im Schlitten, ein eingemummter Mann, den man schlecht erkannte, der sich jedoch nicht recht wohl zu fühlen schien.

»Wohin fahren wir jetzt, Euer Gnaden?«

»Zum ›Sankt Georg‹... Im Galopp!«

Das war nur eine Floskel, denn keine Stute war gegenüber solchen Sprüchen so gleichgültig wie die des alten Schultz.

Von nun an hörte der Kutscher für eine ganze Weile auf, den ersten Rang einzunehmen, um ihn Nikolai zu überlassen, der seit fünfunddreißig Jahren Maître d'hôtel im ›Sankt Georg‹ war und schon zu Zeiten seines Einstands diesen prächtigen Backenbart trug.

Schultz erhielt von dem Fremden einen ganz neuen Hundert-Złoty-Schein, den der Mann einem Bündel von Scheinen entnahm, die geradewegs aus der Notenpresse zu kommen schienen.

Moran und sein Begleiter liefen hastig über das Trottoir, und wieder hatte Schultz den Eindruck, daß dem Unbekannten aus Strezv nicht wohl war.

Sie hielten sich erst gar nicht im Erdgeschoß auf,

sondern stiegen beide in den ersten Stock, wo sich die Tür des großen weiß-goldenen Zimmers hinter ihnen schloß.

Kurz darauf kam Moran herunter, und als Nikolai ihm meldete, das Mittagessen sei aufgetragen, machte er sich nicht die Mühe zu antworten.

Das war ganz seine Art. Er sah oder er sah nicht, er hörte oder er hörte nicht. Er tat so, als wäre er allein auf der Welt, vor allem aber alleiniger Herrscher.

»Das Zimmer neben meinem soll sofort hergerichtet werden...«

»Es ist belegt...«

»Dann soll man den Gast umquartieren!«

»Aber...«

Ein Blick, ein ruhiger kalter Blick, und die Dame an der Rezeption versprach, das Nötige zu veranlassen.

»Wieviel Schlüssel gibt es zu dem Zimmer?«

»Natürlich nur einen.«

»Sind Sie sicher?«

Immer dieser Blick, der im ›Sankt Georg‹ noch berühmt werden sollte.

»Das heißt... für das Personal... Für den Fall, daß ein Gast mit seinem Schlüssel abreist...«

»Geben Sie mir den Ersatzschlüssel!«

Er steckte ihn in die Tasche, setzte sich zum Abendessen in eine Ecke des Speisesaals, ganz in seine eigenen Gedanken versponnen.

»Ist der Fisch nach Ihrem Geschmack?« wagte Nikolai zu fragen.

Der Blick... Ein Stirnrunzeln, als ginge ihm bereits der Klang einer fremden Stimme durch Mark und Bein.

Doch Nikolai, der schon immer gesprächig und gern vertraulich war, ließ nicht locker.

»Bleibt der gnädige Herr länger in Wilna?... Im Winter haben wir nicht viele Fremde... Es ist eine kleine und ruhige Stadt, nicht wahr?... Aber im Sommer kommen manchmal Touristen zu uns...«

»Still!« ließ sich Ted Morgan bloß vernehmen.

Nikolai bemerkte, daß seine Laune ihn weder hinderte, vor allem der Räuchergans herzhaft zuzusprechen, noch daran, den goldenen Wodka hinunterzuschütten, als wäre es Wasser.

Als der Gast fertig war und gerade den Speisesaal verlassen wollte, besann er sich noch einmal, ging an seinen Tisch zurück und nahm ein Gänsebein, das auf dem Teller liegengeblieben war, dazu ein Brötchen.

»Der gnädige Herr bemühe sich nicht, ich werde Ihm hinaufbringen, was...«

Moran zuckte mit den Schultern und behielt das Gänsebein in der Hand, trug es selbst auf sein Zimmer und verriegelte die Tür.

Als der Zimmerkellner eintreten wollte, um Scheite nachzulegen, bekam er keine Antwort.

Bis zum anderen Morgen erfuhr man nichts über den Amerikaner, außer daß er sein Zimmer nicht verlassen hatte und der Unbekannte aus dem Dorf immer noch im Hotel war. Aber ein Handlungsreisender in Rauchwaren, der ein Zimmer im ersten Stock belegte, beklagte sich, einen großen Teil der Nacht über ein Ächzen und Stöhnen gehört zu haben.

»Es hörte sich an, als würde jemand im Sterben liegen!« führte er aus.

»Im großen Zimmer?«

»Nein, im Zimmer nebenan.«

Jedenfalls kam Ted Moran um neun Uhr nach ausgiebiger Morgentoilette die Treppe herunter, das Gesicht wie immer blaß – doch dürfte er nie eine frische Gesichtsfarbe gehabt haben –, den gelben Brillanten am Finger und mit dem immer gleich eisigen Blick!

»Bring mir Eier und Speck, Nikolai! Hat niemand nach mir gefragt?«

2

Eins war sicher: Er erwartete jemanden, und sogar mit einer gewissen Ungeduld. Und noch etwas war sicher: Da oben war ein Mann, und Moran wollte verhindern, daß man ihn zu Gesicht bekam.

Er selber brachte ihm Brot und Wurst nach oben, nachdem er den armen Nikolai angeherrscht hatte, weil der ihm die Eßwaren abnehmen wollte.

»Auf welchen Namen soll ich den neuen Gast einschreiben?« wagte die Rezeptionistin zu fragen, die allmählich ebenfalls neugierig wurde.

»Auf gar keinen Namen ... Ich miete das Zimmer ... Da wir uns ausgiebig zu besprechen haben, wird mein Freund eine Weile bei mir bleiben ...«

Wie konnte er einen Freund in einem abgelegenen Dorf nördlich von Wilna haben? Und warum behandelte er diesen Freund wie einen Gefangenen?

»Vielleicht sollte in seinem Zimmer geheizt werden?« schlug die Rezeptionistin vor.

»Das ist nicht nötig!«

»Soll man ihm etwas zum Mittagessen hinaufbringen?«

»Nein!«

Er tat es selber. Während er gerade eine gepflegte Mahlzeit zu sich genommen hatte, ließ er es wie am Morgen dabei bewenden, dem Unbekannten Brot und Wurst zu bringen.

»Kein Getränk?« wunderte sich Nikolai.

»Es gibt doch Wasser aus der Leitung!«

Er scherte sich nicht darum, was man über ihn dachte. Er tat nichts, um sein Handeln plausibel zu machen und ihm den Schein der Natürlichkeit zu verleihen. Im Gegenteil! Man hätte meinen können, er habe es darauf angelegt, für einen Kauz gehalten zu werden und die Aufmerksamkeit auf sich zu ziehen!

Wie alt mochte er wohl sein? Die Rezeptionistin meinte dreißig Jahre, Nikolai behauptete, Moran sei fünfunddreißig oder noch älter.

Er war eher klein, kräftig gebaut, aber nicht übermäßig. Schön konnte man ihn nicht gerade nennen, denn seine Gesichtszüge waren unregelmäßig, seine Lider schwer, sein Mund zu schmal, während seine Nase eine jüdische Herkunft verriet.

»Er ist bestimmt der Sohn eines polnischen Emigranten!« sagte die Rezeptionistin. »Vielleicht hat er in Wilna eine Erbschaft anzutreten? Vielleicht sucht er Verwandte? Jedenfalls wartet er nicht auf Post...«

»Und zur Post geht er auch nicht!« bemerkte der gehbehinderte Portier, der sich ebenfalls für den vielzitierten Gast interessierte.

Das Merkwürdigste war seine Art, im Haus hin und her zu gehen. Statt sich wie die anderen Gäste in der Hotelhalle oder im Lesezimmer aufzuhalten, bewegte er sich, als sei er hier zu Hause, machte Türen auf und wieder zu, ohne sich zu entschuldigen, wenn jemand dahinter war, und mehrmals ging er in die Küchenräume und schaute finster dem Anrichten der Speisen zu.

Schultz blieb, seitdem er die hundert Złoty erhalten hatte, den ganzen Tag über vor dem ›Sankt Georg‹ stehen, in der Hoffnung, wieder das Glück zu haben, seinen seltsamen, aber spendablen Fahrgast zu befördern.

»Was sagst du da? Du hast...«

»Flehende Rufe gehört, ja!« behauptete das Zimmermädchen, das für den ersten Stock zuständig war. »Ich machte gerade das Bett in Nummer fünf. Zwei Männer waren im Zimmer nebenan. Einer der beiden flehte mit einer dumpfen Stimme wie der eines Kranken. Der andere – es war Mister Moran, das würde ich beschwören! – wiederholte in kaltem, schroffem Ton immer wieder das Gleiche, was, konnte ich nicht verstehen. Dann war es wieder still. Und nach der Stille halb erstickte Schreie... Ja, wenn ich sagen sollte, was ich davon halte, würde ich beschwören, daß dort jemand gefoltert wurde...«

»Mädchen, das sind Hirngespinste!« entschied der besorgte Hoteldirektor. »Erzähl bloß niemandem solch ungereimtes Zeug! Ich wäre sonst gezwungen, dich vor die Tür zu setzen...«

Trotzdem war es peinlich. Und das wurde es noch mehr, als Schultz am Abend dem Portier die gerade erschienene Zeitung zeigte. Darin stand zu lesen:

Mysteriöser Mord in der Ortschaft Strezv. – In Strezv, einem sonst friedlichen Dorf, wurde heute morgen die Bevölkerung durch einen mysteriösen Mord in Unruhe versetzt.

Als der Schmied sein Haus verließ, um auf den Markt des Nachbardorfes zu gehen, erblickte er am Straßenrand den regungslosen Körper eines Greises. Kurz darauf stellte er fest, daß der Mann an einer Stichverletzung in der Brust gestorben war.

Der Greis ist aber in Strezv unbekannt. Niemand hat ihn am Vortag gesehen, wodurch der Umstand, daß er mitten in der Nacht auf der Straße war, noch rätselhafter wird.

Außerdem hat man, obwohl es sich um einen armen Teufel handelt, in seiner Tasche einen neuen Tausend-Złoty-Schein gefunden.

Die Polizei hat mit der Ermittlung begonnen.

»Das ist der Greis, dem wir im Ghetto begegnet sind«, versicherte Schultz, »und dem mein Kunde einen Tausend-Złoty-Schein gegeben hat. Ich habe es gesehen, mit meinen eigenen Augen gesehen!«

»Du warst betrunken!«

»Beim Haupte meines Vaters, ich schwöre, daß ich es gesehen habe ...«

Daraufhin entschied Nikolai, es genau wissen zu wollen, und zum Abendessen ließ er die Zeitung auf

Morans Tisch liegen, wobei er mit Bedacht das Blatt auf der bewußten Seite aufschlug.

Die Rezeptionistin wußte Bescheid, der Direktor und der Portier ebenfalls.

Die Stimmung im Hotel lud sich allmählich auf, man ertappte die Leute dabei, wie sie verstohlen in den Ecken aufgeregt miteinander tuschelten.

Moran selbst schien nichts zu bemerken oder scherte sich herzlich wenig darum.

Später sollte Nikolai folgendermaßen dessen Umtriebigkeit tagsüber beschreiben:

»Nicht einen Augenblick ist er nach draußen Luft schnappen gegangen, er hat wohl nicht einmal gewußt, wie das Wetter war. Gewiß wartete er ungeduldig auf etwas, wollte es sich aber nicht anmerken lassen. Minutenlang stand er unten, regungslos, und starrte mit seinem eigentümlichen Blick irgendeinen Gegenstand an.

Plötzlich ging er wieder nach oben. Er entschied sich immer jäh. In großen Sprüngen lief er die Treppe hinauf, trat nicht etwa in sein Zimmer, sondern in das des anderen nebenan, dessen Schlüssel er immer in seiner Tasche behielt.

Er schloß sich für eine Viertel- oder halbe Stunde ein, kam wieder herunter, und da schien er mir blasser. Blaß und wütend! Der Laufjunge, der ihm zufällig ins Gesicht sah, bekam eine Ohrfeige. Mehrmals habe ich geglaubt, nun meinerseits reif zu sein, besonders wenn ich ihm Fragen stellte...

Mindestens zehnmal hat er die Rezeptionistin gefragt:

›Ist niemand gekommen?‹

Und jedesmal, wenn sie dann verneinte, hatte er ein Zittern in den Mundwinkeln...«

»Vielleicht wartete er auf die Polizei?«

»Allerdings ist Schultz, diesem ausgemachten Säufer, nicht zu trauen...«

Nikolai begnügte sich für seinen Teil damit, die Neige der Karaffen der Hotelgäste auszuschlürfen! Aber gegenüber Schultz besaß er den Vorteil, dank seinem prächtigen Backenbart Würde zu bewahren.

Nikolai erzählte weiter:

»Der Trick mit der Zeitung hat nicht geklappt. Als Mister Moran sich hingesetzt hatte, gab ich acht, ihn nicht aus den Augen zu verlieren. Ich servierte die Terrine mit dem grünen Borschtsch, die er bestellt hatte. Er begann zu essen und überflog dabei unwillkürlich die Zeitung.

Ich habe genau gesehen, wie er auf den Artikel gestoßen ist. Er hat keine Miene verzogen, beugte bloß ein wenig den Kopf vor, weil die Zeitung nicht gut ausgeleuchtet und kleingedruckt war, vor allem das Vermischte.

Er las zu Ende und aß dann weiter.

Dann bestellte er bei mir gebratenes Hühnchen und aß die Hälfte davon.

Schließlich steckte er die Zeitung ein und ging in Richtung Treppe.

Ich lief ihm nach. Ich fragte ihn:

›Nehmen Sie nichts für Ihren Freund mit?‹

Er schaute mich an. Ich glaube, er zögerte, aber ich bin nicht sicher, denn unter seinem Blick fühlt man sich unbehaglich.

Er ist ohne zu antworten hinaufgegangen und am darauffolgenden Tag...«

Der Handlungsreisende, der in der Nacht zuvor Stöhnen gehört hatte, war nach Warschau weitergereist, und sein Zimmer blieb unbelegt.

Manche behaupteten, im ersten Stock seien gegen zwei Uhr morgens Schritte zu hören gewesen, aber daraus ergab sich nichts Schlüssiges. Und im nachhinein glauben die Leute immer, etwas gehört oder gesehen zu haben.

Auf jeden Fall brannte bis spät Licht im großen weißgoldenen Zimmer.

Am Morgen kam Moran wie üblich herunter, piekfein und ohne eine Falte in seiner Kleidung, was die Bewunderung der Rezeptionistin hervorrief. Er fragte mit einer normalen Stimme:

»Ist niemand gekommen?«

»Niemand, Mister Moran! Falls jemand in Ihrer Abwesenheit kommen sollte, was soll ich ihm sagen?«

Er schaute sie an. Immer wieder dieser Blick! Und er bemühte sich erst gar nicht zu antworten.

Hieß das, daß es nichts auszurichten gab? Oder daß er nicht außer Haus gehen wollte?

Schultz stand mit seinem Schlitten vor der Tür. Am Abend zuvor hatte er in den Kaschemmen Zeit genug gehabt, geheimnisvoll lächelnd zu erzählen, er wisse über das Verbrechen in Strezv genau Bescheid. Und er war so stockbetrunken nach Hause gekommen, daß er in seinen Stiefeln geschlafen hatte.

Moran aß kalten Fisch und Obst. Er zeigte keine

Neugier, die Morgenzeitung aufzuschlagen, die Nikolai absichtlich neben sein Gedeck gelegt hatte.

Nach dem Frühstück trat er in die Küche, nahm ein herumhängendes Würstchen und einen Laib Brot.

»Für seinen *Freund*!« lästerte Nikolai, der die Mahlzeiten dieser unsichtbaren Person recht karg fand.

Moran ging die Treppe hinauf, holte einen der beiden Schlüssel aus der Tasche, schloß die Tür auf und blieb auf dem Treppenabsatz stehen. Dann beugte er sich, ohne eine äußere Regung zu zeigen, über das Treppengeländer.

»Nikolai!«

»Ja, gnädiger Herr...«

»Hol mir den Wachtmeister von nebenan...«

Nikolai lief selbst hin, nicht ohne vorher Schultz Bescheid zu sagen.

»Ich weiß nicht, was los ist; er hat mir aufgetragen, die Polizei zu holen...«

Er ging mit dem Polizisten nach oben. Schultz folgte mit ein paar Stufen Abstand in seinem schneebedeckten Umhang.

»Ich bitte Sie, Herr Wachtmeister, zu Protokoll zu nehmen, daß sich dieser Mann erhängt hat...«

Wirklich lag im Zimmer ein seltsam verkrümmter Körper unter dem Drehriegel des Fensters, woran ein Strick geknüpft war.

»Wer ist das?« fragte der Polizist, beeindruckt von Morans Ruhe und Autorität.

»Sein Name ist Pjotr Svorak. Er wohnte in Strezv...«

»Wo letzte Nacht ein Mord geschehen ist?«

»Das ist möglich ...«

»Weshalb ist er hier?«

»Er ist mit mir hierhergekommen ... Ich wollte ihn in meinen Dienst nehmen.«

Nikolai runzelte die Stirn, denn er verstand überhaupt nichts mehr.

»Warum hat er sich erhängt?« fragte der Polizist weiter.

»Ich weiß es nicht, und es geht mich nichts an. Benachrichtigen Sie Ihre Vorgesetzten. Sie werden eine Ermittlung einleiten, falls das nötig ist. Ich für meinen Teil weiß von nichts ...«

Schultz, der näher an die Tür gegangen war, hatte die letzten Worte mitbekommen, und seine Miene war nicht weniger beredt als die Nikolais.

Moran bemerkte ihn, schaute ihn durchdringend an. Schultz bemühte sich vergebens zu lächeln, trat einen Schritt zurück, fiel beinah die Treppe hinunter, hielt sich aber noch rechtzeitig am Geländer fest.

Der Tote war, soweit man das in der Stellung, in der er sich befand, überhaupt erkennen konnte, schon ein Greis.

Ein mehrere Tage alter Bart überwucherte seine harten Gesichtszüge. Er trug schlechte, geflickte Kleidung wie ein armer Bauer und Stiefel mit schiefgetretenen Absätzen.

Das Bett war schmutzig, aber nicht aufgedeckt, was darauf hindeutete, daß Svorak sich in den beiden vorangegangenen Nächten angekleidet und ohne die Stiefel auszuziehen hingelegt hatte, wie Schultz, wenn er zu betrunken war.

»Sie brauchen mich wohl nicht mehr?« murmelte Moran in friedlichem Ton.

»Im Augenblick nicht... Ich werde den Kommissar anrufen...«

Unten erkundigte sich dann der Polizist:

»Wer ist das?«

»Ein Amerikaner... Ted Moran... Er scheint sehr reich zu sein... Er bezahlt nur mit großen Scheinen...«

Dem Direktor war das Ganze peinlich, zumal es ein Reisender der schäbigen Sorte, fast ein Landstreicher, war, der sich in seinem Haus erhängt hatte!

»Ich glaube, daß es nicht gut wäre, der Polizei von der Sache mit dem Gestöhn zu erzählen«, sagte er zur Rezeptionistin und zu Nikolai. »Wo doch keiner von uns es gehört hat...«

Schultz blieb im Bann des ›Sankt Georg‹, und seine Stute stand tagelang vor der Tür, traurig in den Anblick des schmutzigen Schnees unter ihren Hufen versunken.

Mußte der Kutscher nicht auf den Kommissar warten? War er nicht die wichtigste Person in der ganzen Geschichte, da nur er etwas wußte?

Leider ging er aber, um sich Mut anzutrinken, ins Anrichtezimmer und leerte eine volle Karaffe goldenen Wodkas, so daß er bei der Ankunft der Behördenvertreter mit schwerer Zunge stammelte.

3

Je mehr er trank, desto mehr gewann Schultz in seinen eigenen Augen an Wichtigkeit. Mit feuchtem Schnurrbart und glänzenden Augen ging er im ›Sankt Georg‹ ein und aus, faßte jeden am Revers und grummelte Unverständliches, wenn er weggestoßen wurde. Es war ihm zur fixen Idee geworden.

»Man versucht, mich von der Sache fernzuhalten«, beharrte er. »Man will mich mundtot machen. Weil ich der einzige bin, der etwas weiß! Aber am Ende werden sie doch zum armen Schultz kommen müssen. Und sie werden ihn inständig bitten, doch zu reden... Aber dann wird Schultz zu all den feinen Herren sagen...«, lallte er unter Rülpsen und Kichern. Er stand allen im Weg und wurde zuerst aus der Küche, dann aus der Hotelhalle geworfen und wandte sich endlich resigniert seiner Stute zu, die vor Freude mit den Ohren wackelte.

Als der Polizeikommissar zusammen mit Ted Moran herauskam, glaubte er, die beiden Männer würden seinen Schlitten nehmen, und war empört, als er sie in einen anderen Schlitten steigen sah, der etwas weiter entfernt stand.

»Sie mißtrauen Schultz... Na gut! Da sie Schultz mißtrauen, wird ihnen Schultz, all den feinen Herren da, beweisen... Hü, altes Mädchen!«

Und er hielt vor dem Kommissariat, während der Kollege, nachdem er seine beiden Fahrgäste abgesetzt hatte, sich wieder auf den Rückweg machte.

Das Warten zog sich eine Viertel-, vielleicht auch

eine halbe Stunde hin, jedenfalls lange genug, daß Schultz wieder Durst bekam.

Vor dem Kommissar, der sich dem Amerikaner gegenüber sehr höflich, ja respektvoll gab, weil er wußte, daß er es mit einem reichen Mann zu tun hatte, zeigte Moran einen gültigen Paß auf den Namen Goldfinger, genannt Ted Moran, geboren in Wilna, Schuhfabrikant in San Francisco.

»Warum haben Sie Svorak ins ›Sankt Georg‹ mitgenommen?« fragte der Polizeibeamte verlegen.

»Weil ich ihn zu meinem Hausdiener machen wollte...«

»Warum hielten Sie ihn eingesperrt?«

»Ich habe ihn nicht eingesperrt...«

»Das ist sehr ärgerlich, ja Sie glauben gar nicht, wie ärgerlich das ist! Wir werden eine Autopsie vornehmen lassen müssen, und bis das Ergebnis feststeht, bin ich für Sie verantwortlich. Es ist mir peinlich, Sie hier wie einen Verbrecher oder Trunkenbold festzuhalten!...«

»Könnte ich vielleicht eine Kaution hinterlegen?« schlug Moran vor.

»Eine Kaution in welcher Höhe?«

»Wollen Sie fünfzigtausend Złoty? Ich habe sie zufällig bei mir...«

Der Kommissar rief den Richter an. Der Richter wiederum den Staatsanwalt, und jedesmal wurde der Betrag von fünfzigtausend Złoty ehrfurchtsvoll wiederholt.

»Es geht in Ordnung«, seufzte schließlich der Kommissar.

»Ich werde Ihnen eine Quittung ausstellen. Selbstverständlich werden Sie die Stadt nicht verlassen und jeder Vorladung nachkommen ... Die Geschichte ist sehr ärgerlich, wirklich sehr, sehr ärgerlich ...«

Er kam nicht darüber hinweg. Und dieses Bündel Banknoten, für das er verantwortlich sein würde! Und die Quittung! Gehörte ein Stempel darauf? Sollte man Moran die Hand schütteln oder ihm kühl die Tür weisen?

Schultz war eindeutig dazu auserkoren, in dieser Geschichte eine Schlüsselrolle zu spielen. Er war gerade auf seinen Bock geklettert, und vielleicht hätte die Stute ihn aus eigenem Antrieb zur nächsten Kaschemme gebracht, als die Tür des Kommissariats aufging.

Moran nahm ganz selbstverständlich wortlos im Schlitten Platz. Schultz wiederum vergaß ihn zu fragen, wohin er wolle: in seiner Vorstellung konnte es nur zum ›Sankt Georg‹ gehen.

»Sie werden schließlich Schultz doch höflich fragen müssen ...«

Er lallte. Die Nacht war schwarz. Der Schnee fiel träge in großen Flocken, und nur das Glöckchen der Stute war zu hören.

Schultz, den Kopf hin und her wiegend, sinnierte immer noch, als sein Tier vor dem Hotel stehenblieb. Er gab sich einen Ruck, stieg vom Bock, drehte sich um, und da bemerkte er, daß sein Schlitten leer war. Er war so überrascht, daß er unter das Ziegenfell schaute, welches als Decke diente, doch Moran hatte sich ganz einfach davongemacht.

»Gib mir was zu trinken, Nikolai. Ich muß nachdenken, ich brauche jetzt meinen ganzen Verstand...«

»Du hättest ihn vielleicht eher, wenn dein Bauch nicht voller Wodka wäre!«

»Nikolai, nur ich allein blicke hier durch. Wenn du mir zu trinken gegeben hast und ich nachgedacht habe...«

Man gab ihm zu trinken, nicht damit er nachdenken konnte, sondern um ihm den Rest zu geben und ihn ins Bett abschieben zu können.

Er entfernte sich tatsächlich im langsamen, gleichmäßigen Gang seiner Stute. Man sah sein düsteres Gefährt durch die Straßen des Ghettos irren, und Schultz dachte wohl noch immer nach, denn ihm fiel es nichteinmal ein, Kundschaft anzulocken, wie er es sonst bei leerer Fuhre tat.

»Wie auch immer«, entschied er sich zum Schluß. »Ich muß nach Strezv fahren und mir Gewißheit verschaffen.«

Die Schneeflocken fielen dichter, und die Stute streckte den Hals und strauchelte immer wieder auf dem mit Schlammlöchern übersäten Weg.

Es mußten Stunden vergangen sein. Schultz fragte sich sogar, ob das Dorf nicht in die Ferne gerückt worden sei, damit er es nicht erreiche, und mehrmals zuckte er auf seinem Bock zusammen, als ob er um sich eine Gefahr gespürt hätte.

Als das Tier unterwegs zum Verschnaufen irgendwann angehalten hatte, bemerkte sein Herr im Schein der Laterne im Schnee frische Reifenspuren, die der frisch gefallene Schnee noch nicht ganz zugedeckt hatte.

»Sie werden doch eine Belohnung zahlen müssen! Und dann wird Schultz kein armer Kutscher mehr sein, und er wird nur noch goldenen Wodka trinken, den teuersten, der wie Likör duftet...«

Er war im Dorf angekommen, ohne es recht gewahr zu werden, so dunkel war es hier. Immerhin erkannte er den Kramladen, wo kein Licht zu sehen war, und ohne zu zögern klopfte er mit dem Stiel seiner Peitsche an die Tür.

Es dauerte eine Weile, bis ihm geöffnet wurde. Zuerst verhandelte man lange mit ihm durch die Tür, er schwor, ganz allein zu sein.

Endlich ließ ihn die Frau mit einer Kerze in der Hand herein.

»Was willst du, Kutscher?« fragte sie ihn mißtrauisch.

»Ich wollte wissen, ob mein Kunde wiedergekommen ist... Er ist mit dem Auto da, nicht wahr?... Ich sehe Spuren vor der Tür...«

»Kein Wort mehr von diesem unseligen Menschen.«

»Wo ist er?«

»Woher soll ich das wissen? Er hat nach meinem Mann gefragt, aber mein Mann ist den ganzen Tag nicht nach Hause gekommen. Scher dich zum Teufel und dein Kunde dazu...«

Was wäre geschehen, wenn Schultz an jenem Tag nicht so viel Wodka getrunken hätte?

»Ich werde mich nicht zum Teufel scheren«, knurrte er. »Ich werde ihn wiederfinden, den Fremden mit den Taschen voller neuer Tausend-Złoty-Scheine...«

Er sah nach, in welche Richtung die Reifenspuren

liefen, und stellte fest, daß sie nicht nach Wilna zurück, sondern in ein anderes Dorf führten.

Zielstrebig lenkte er seinen Schlitten in dieselbe Richtung, und die wirren Selbstgespräche, die er unterwegs führte, unterbrach er nur, um sich von Zeit zu Zeit im Schnee zu vergewissern, ob das Auto auch tatsächlich hier entlanggekommen war.

Das nächste Dorf war nur ein Weiler. Vor dem ersten Haus, das besonders ärmlich aussah, hatte das Auto die Straße verlassen und neben der Tür geparkt, aber jetzt blieb es verschwunden, und kein Licht war zu sehen.

Schultz klopfte wieder mit seinem Peitschenstiel an. Da er keine Antwort bekam, hob er den Riegel der Tür, die auch aufging.

Es war dunkel. Schultz hatte Angst, tastete nach seinen Streichhölzern. Er stieß gegen einen Sessel, und in diesem Sessel, so schien es ihm, war ein Körper.

Endlich hatte er seine Streichhölzer gefunden – und hätte beinah einen Schrei ausgestoßen, als er im Schein der Flamme in einem alten Sessel einen Mann mit aufgerissenen Augen reglos dasitzen sah.

Auf dem Kamin stand eine Kerze. Er zündete sie an, rüttelte den Mann an den Schultern, worauf der Körper nach vorn sackte und beinahe kopfüber auf den Boden aufgeschlagen wäre.

Der Mann war tot.

»So werde ich zum Kommissar sprechen: ›Sie haben mich ja nicht anhören wollen! Und dabei hab ich, hat der arme Schultz alles entdeckt‹...«

Er fragte sich mit einem Anflug von Unruhe:

»Welche Belohnung werden sie wohl zahlen? ... Für den Mörder des kleinen Mädchens vor fünf Jahren hat man bis zu tausend Złoty ausgesetzt, aber der Kerl war schon tot, als man ihn gefunden hat ...«

Er zählte an seinen Fingern:

»Ein Toter ... Zwei Tote ... Drei Tote ...«

Svorak erhängt in seinem Zimmer im ›Sankt Georg‹. Und der Alte mit dem Tausend-Złoty-Schein, der ermordet in Strezv aufgefunden worden war ... Und nun der hier, den Schultz soeben entdeckt hatte ...

Wußte er überhaupt, wohin er ging? Er folgte immer noch den Spuren des Autos, sich mehr und mehr von Wilna entfernend, die Zeit vergessend und ohne Gefühl für die Gefahr.

Nur eins ließ ihm keine Ruhe: Die Gasthäuser waren schon längst geschlossen, folglich konnte er sich keinen Schluck genehmigen, wo er doch solchen Durst hatte.

Vor ihm dehnten sich die Straßen lang und menschenleer, nur ab und an gewahrte er eine in der Dunkelheit hingeduckte Bauernkate mit gähnend schwarzen Fenstern.

Irgendwann einmal bekam er es doch mit der Angst. Er war vom Schlitten gestiegen, um ein dringendes Bedürfnis zu befriedigen, und da hatte er plötzlich keine Reifenspuren mehr gesehen, auch vergebens die Laterne abgehängt und in alle Richtungen über den Schnee geschwenkt.

Daraufhin war er umgekehrt, hatte nach einer Weile einen Feldweg entdeckt, der nach rechts von der Straße abbog, und da war er schließlich wieder auf die Spuren des Autos gestoßen.

»Hüh, altes Mädchen! ... Wenn sie mir eine schöne Belohnung zahlen, bekommst du jeden Tag Hafer und abends gequollene Bohnen ...«

Jäh war er verstummt, auf seinen Bock gebannt, denn vor ihm, vielleicht hundert Meter weiter, mitten auf dem Weg, stand das Auto, das er seit Wilna mit dem Eigensinn des Betrunkenen verfolgte, und nun starrte er mit weitaufgerissenen Augen auf die roten Rücklichter vor ihm.

Hatte ihn dieser Anblick ernüchtert? Spontan wäre er am liebsten umgekehrt und in die Stadt zurückgefahren, ohne sich darum zu kümmern, was weiter geschah.

Stand da ein Haus gleich neben dem Auto? Oder stand da keins? Wenn ja, hieß das nicht, daß eben wieder jemand ermordet wurde?

Schultz hatte die Zügel hängenlassen, und die Stute ging erschöpft, mit letzter Anstrengung, von selbst weiter, vielleicht in der Ahnung, nun am Ziel zu sein.

Und da stand tatsächlich eine dieser für die Gegend typischen Holzkaten. In einem Fenster sah der Kutscher Licht, weshalb er schließlich mit durchfrorenem Rücken vom Bock rutschte und ein paar Schritte durch den Schnee darauf zustapfte. Der Wagen mit dem eingeschalteten Standlicht war ihm nicht geheuer, und er näherte sich ihm wie einem großen Tier, vor dem man Angst hat, bis er feststellte, daß es eines der Autos war, welche in Wilna sommers den Taxidienst versahen. Drinnen saß niemand.

Plötzlich ging die Tür des Hauses auf. Morans Silhouette zeichnete sich im Türrahmen ab, in seiner Hand glänzte ein Revolver.

»Komm rein!« befahl er, jenem massiven Schatten zugewandt, den Schultz mit seinem Ziegenfellumhang bildete.

Von dem nun folgenden Teil seines Abenteuers sprach der Kutscher nie, höchstens sagte er, er wisse nicht mehr, wie er ins Innere der Kate gekommen sei. In Wahrheit handelte die Angst anstelle seines Verstandes, hatte sie die Gewalt über seine Bewegungen, hieß sie ihn vorwärtsgehen, obwohl seine Knie so weich wie die einer Wöchnerin waren.

»Komm rein!... Hände weg von den Taschen...«

Wieder der Blick! Morans fürchterlicher Blick, vor dem einem jede Lust verging, seinen Befehlen zuwiderzuhandeln! Ein unheimlich ruhiger, kalter Blick, der einem unter die Schädeldecke und in die Brust drang!

»Setz dich in den Sessel da...«

Es gab nur einen, wie in den meisten Bauernkaten, ein alter, abgewetzter, zerschlissener Sessel, in den Schultz zitternd niedersank.

»Heißt du nicht Schultz?« fragte Moran, nachdem er die Tür wieder geschlossen hatte. »Irre ich mich nicht?«

»Ich heiße Schultz...«

Er erkannte seine eigene Stimme nicht wieder und hätte beinahe losgeschluchzt.

»Rühr dich nicht vom Fleck...«

Mit einem unerwarteten Griff fesselte ihm Moran erst einen Arm an eine Sessellehne, dann den anderen gegenüber.

»Keine Bewegung, oder du bist ein toter Mann...«

»Aber ...«

»Du hast dich auf ein gefährliches Spiel eingelassen, Schultz! ... Ich hätte dir das gar nicht zugetraut.«

»Ich schwöre Ihnen, Euer Gnaden –«

»Still! Jetzt rede ich!«

Er runzelte die Stirn, als er das Glöckchen der Stute hörte, die draußen einen Wetterschutz suchte. Dann ging er für einen Augenblick hinaus, wohl um die Autoscheinwerfer auszuschalten, denn der rote Lichtkreis vor dem Fenster war verschwunden.

Als er zurückkam, hatte er sich eine Zigarette angezündet. Er setzte sich rittlings auf einen Stuhl, schloß einen Augenblick die Augen und begann mit klangloser Stimme:

»Man nennt mich Goldfinger, Schultz! Früher war ich der kleine Goldfinger ...«

Und Schultz betrachtete voller Schrecken sein Gesicht, das noch kälter als Stein geworden war und keine menschliche Regung zeigte.

4

»Erinnerst du dich nicht mehr an die Goldfingers, die in der ehemaligen, zu Wohnungen für arme Leute umgebauten Fabrik im Wilnaer Ghetto gewohnt haben?«

Seine Pupillen waren starr, seine Gesichtszüge ebenso, und kaum merklich bewegten sich seine Lippen.

»Anfangs waren sie nicht ärmer als andere, denn der Vater arbeitete als Uhrmacher und verdiente schlecht und recht. Nur ist er dann winters an einer Lungenentzündung gestorben, und seine Frau stand mit den beiden Kindern allein da: dem dreizehnjährigen Mädchen Niuta und dem kaum drei Jahre alten Jungen...«

Schultz blieb regungslos, wagte nicht den Blick von Moran abzuwenden, so gebannt war er von ihm.

»Es folgte ein schlimmes Jahr, es geschahen Dinge, die man gar nicht erzählen kann, die Möbel wurden auf dem Bürgersteig verkauft, die Mutter erkrankte, Niuta nahm ihren kleinen Bruder zum Betteln mit auf die Straße. Und beide gingen trotz des Winters barfuß...

Du kennst so etwas, Schultz, nicht wahr, denn im Ghetto ist das ganz normal!

Stell dir dann die Freude vor, die wirklich übermenschliche Freude dieser drei Menschen, als ein Jurist, der sie im ganzen Viertel gesucht hat, ihnen plötzlich nicht mehr Unglücksbotschaften, wie sie es gewohnt waren, verkündet, sondern eine Erbschaft!

Eine regelrechte Erbschaft, wie sie reiche Leute machen! Ein entfernter Vetter, der in einem der umliegenden Dörfer wohnte und von dem man nie sprach, weil ihm nachgesagt wurde, Wucher zu treiben...

Erinnerst du dich, Schultz? Das Dorf liegt nicht weit von hier. Es heißt Strezv, stimmt's?

Barfuß gehen, nicht jeden Tag essen, in einem Keller schlafen, mit zwei weiteren Familien zusammengepfercht, darunter ein Trinker, der Frau und Kinder jeden Abend schlug, das alles war nun vorbei...

Wir würden Kleider, anständig zu essen haben!...

Der Jurist hatte uns etwas Geld vorgestreckt, damit wir korrekt gekleidet wären. Trauerkleidung, weil es sich ja um den Tod eines Vetters handelte...

Ich erinnere mich nicht mehr an alle Einzelheiten... Ich war zu klein... Ich weiß nur noch, daß wir im Schlitten gereist sind, dann lange in den Gängen einer Behörde gewartet haben, auch daß man meiner Mutter Papiere vorgelesen hat, die darüber vor Rührung weinte und mich an sich drückte...

Als wir wieder gingen, hatte sie eine kleine Blechkiste in der Hand, in der sich unser ganzer Reichtum befand.

Wir kehrten nicht mehr nach Wilna zurück. Es war beschlossene Sache, daß wir nicht mehr im Ghetto wohnen würden, sondern auf dem Land, in dem Haus, das uns der Onkel mit dem übrigen Erbe hinterlassen hatte.

Meine Erinnerungen sind ungenau, Schultz. Oder besser, manche Teile sind in volles Licht getaucht, und andere bleiben im dunkeln.

Zum Beispiel erinnere ich mich nicht mehr, ob wir am Begräbnis meines Vetters teilgenommen haben, auch nicht an das, was im Verlauf des ersten Abends, den wir in dem Haus verbracht haben, geschehen ist.

Ich weiß nur, daß am folgenden Tag überall Schnee lag und viel Rauch im Zimmer hing, weil der Ofen nicht zog.

Meine Mutter putzte. Sie wollte die Kate des alten Junggesellen, von dem wir geerbt hatten, wieder blitzblank fegen.

Ich weiß auch, daß sie mit meiner Schwester getuschelt hat, und ich vermute, daß es um die Geldkiste ging.

Ich hatte kein Bett. Da es vorher kein Kind in diesem Haus gab, war an mich nicht gedacht worden, aber man hatte mir vorerst auf dem Boden ein recht weiches Lager aus alten Kleidern hergerichtet...

Ich schlief... Es war Nacht... Ich weiß nicht, ob an die Tür geklopft worden ist und wer geöffnet hat... Als ich die Augen aufschlug, standen vier oder fünf Männer im Zimmer, deren Gesichter mit Tüchern vermummt waren, wie sie sommers die Bäuerinnen auf dem Kopf tragen...

Kannst du dich erinnern, Schultz?

Schreien war zwecklos: Die Kate lag so einsam, daß ein Nachbar nichts gehört hätte...

Und die Männer hatten getrunken... Ich erinnere mich genau an den Geruch von Alkohol... Sie lachten, stießen sich mit dem Ellbogen an...

Da war besonders einer, unter dessen Tuch rotes Barthaar hervorlugte...

›Sag uns, wo das Geld versteckt ist!‹ herrschte er meine Mutter an.

Und dann, Schultz, hat der Alptraum begonnen...

Meine Mutter wollte nicht: Es ging ihr darum, Hab und Gut, unser Hab und Gut, zu verteidigen, den endlich erlangten bescheidenen Wohlstand mit geregelten Mahlzeiten und dem Apotheker, wenn wir ihn brauchten... Aber sie waren die Stärkeren. Es waren rohe Kerle. Sie hatten sich mit ihrer Zecherei in Rage gebracht, und dann tranken sie bei uns noch eine Flasche Wodka, die sie in einem Schrank gefunden hatten.

›Da du nicht reden willst, werden wir es eben selber finden...‹

Wie zum Vergnügen rissen sie die Schubladen und Türen der Möbel auf, statt sie zu öffnen... Sie hatten meine Schwester aus dem Bett gezerrt, und sie wußte nicht, wie sie ihre Blöße verbergen sollte...

Je mehr Zeit verging, ohne daß sie etwas fanden, desto brutaler wurden sie, schlugen alles klein, was zerschlagen werden konnte, und überschütteten meine Mutter mit Drohungen.

Nochmals, ich erinnere mich nicht an alle Einzelheiten, Schultz, und das ist ein Glück für mich und für dich ebenfalls.

Ich glaube, daß es lange, den größten Teil der Nacht gedauert hat. Sie waren kräftige Männer und hatten nur eine gerade wiedergenesene Frau und zwei Kinder vor sich...

Was mir wieder vor Augen steht, ist der Rothaarige, wie er sich auf meine Mutter wirft und sie an einen Sessel, unseren einzigen Sessel, fesselt, so wie du jetzt gefesselt bist...

Er wollte sie zwingen preiszugeben, wo die Geldkassette versteckt war. Wenn ich es gewußt hätte, bestimmt hätte ich es herausgeschrien... Sie schlugen sie unter Beschimpfungen, und da fing ich an zu weinen, und sie stopften mir eine schmutzige Serviette in den Mund...

Erinnerst du dich, Schultz? Erinnerst du dich an meine Schwester?

Immer derselbe, dieser Rothaarige, der wohl ihr Anführer war. Er hatte meine Mutter gewarnt, wenn sie nicht reden wolle, werde er sich an Niuta vergreifen, und die anderen hatten ihr das Hemd heruntergerissen, hielten sie fest...

Sosehr meine Mutter auch schreien mochte, sie werde sprechen, sie werde gestehen, wo das Geld sei, sie ließen von Niuta nicht ab, und bis zum Schluß ist alles vor mir und meiner Mutter geschehen...

Dann... Dabei hatte sie ihnen doch alles gesagt. Sie hatten das Geld... Aber sie waren jetzt zu erregt, um sich damit zu begnügen...

Obendrein hatte der Rothaarige Angst, fragte sich, ob man ihn trotz seines Tuches, das einen Augenblick lang verrutscht war, nicht wiedererkennen würde...

›Die Kleine hat mich gesehen...‹, behauptete er. ›Die darf nicht reden!‹... Und er war es, Schultz, der sie eigenhändig erwürgt hat...

Danach tranken sie wieder... Dann zählten sie die Gold- und Silbermünzen, die in der Kassette lagen, und schließlich schauten sie meine Mutter an und fragten sich, was sie mit ihr machen sollten.

Muß ich es dir noch sagen, Schultz? Muß ich dir noch in allen Einzelheiten erzählen, was in jener Nacht geschehen ist?

Ich war zu klein, um gefährlich zu sein, und dennoch schlug man mir mit einem großen Stein auf den Schädel...

Am Morgen des darauffolgenden Tages fanden Nachbarn meine Mutter und meine Schwester tot auf, für mein Leben gab man kaum noch etwas, und die Kate war durchwühlt, als hätte eine Schar Berserker darin gehaust...

Man mußte mich wohl ins Krankenhaus gebracht haben, ich weiß nichts darüber... Wahrscheinlich hat es eine Ermittlung gegeben, die aber zu keinem Ergebnis geführt hat...

Ich war acht Jahre alt und ging auf den Straßen betteln, bis ich mich in einem Auswandererzug versteckte... In Le Havre wurde ich festgenommen, dann wieder freigelassen, schließlich bezahlte mir ein Schneider aus Warschau, der sich nach Amerika einschiffte, eine Fahrkarte im Zwischendeck, obwohl auch er nicht reich war...

Die Jahre vergingen, und, von der Furcht vor dem Elend angestachelt, verdiente ich viel Geld, ich bin Ted Moran geworden, ein bedeutender Industrieller aus San Francisco, der zweitausend Arbeiter und Arbeiterinnen beschäftigt...

Ich weiß sehr wohl, Schultz, daß du lieber nichts wissen möchtest... *Wie die anderen!*... Denn die anderen sind in deiner Lage gewesen... Sie haben bis zum Ende zuhören müssen...

Ich habe viel Geld verdient, aber ich bin nie ein Mensch wie jeder andere geworden. Verstehst du das, ja?... Wenn ich dir sagen würde, daß ich noch als erwachsener Mann in der Nacht wie ein fiebriges Kind aufwache und gellende Schreie ausstoße?

Eines Tages schrieb ich der Polizei in Wilna, um sie zu fragen, welches denn damals die genauen Ergebnisse der Ermittlung gewesen seien, und ich erhielt eine ganze Akte, wo nichts drinstand. Man hatte Zigeuner festgenommen, die sich damals in der Gegend aufhielten, aber keinen Beweis gegen sie gefunden...

Wieder vergingen Jahre, Schultz... Wie alle von hier, die in Amerika zu Reichtum kommen, beschäftigte ich soviel Polen und Polinnen wie möglich.

Eines Tages nun, es ist noch gar nicht lange her, hatte ich einer Sekretärin meinen Paß anvertraut, um ein Visum ausstellen zu lassen, und sie wurde ganz blaß, als sie meinen wirklichen Namen las: Goldfinger.

Ich befragte sie eindringlich, sie gab mir nur ausweichende Antworten. Ich zog Erkundigungen ein und erfuhr, daß sie mit einer alten, aus Strezv gebürtigen Tante zusammenlebte... Ich suchte diese gebrechlich gewordene Frau auf... Ich ließ nichts unversucht, um sie zum Sprechen zu bringen, und schließlich gestand sie mir, daß ihr Mann zur Bande der jungen Männer gehörte, die meine Mutter umgebracht hatten, daß er aber vor ein paar Jahren gestorben sei.

Ich verlangte die Namen der anderen... Sie kannte sie nicht... Tatsächlich wußte sie seinerzeit nicht Bescheid, erst sehr viel später hatte ihr Mann, der krank war, ihr alles anvertraut...

Sie erinnerte sich nur an einen gewissen Svorak...

Und daraufhin, Schultz, bin ich aufgebrochen...

Ich schaute mir zuerst das Haus im Ghetto wieder an, die ehemalige Fabrik, in der wir so arm gewesen sind...

Auf der Straße begegnete ich einem Mann, an den ich mich zu erinnern glaubte, ein nunmehr vergreister, uns wohlgesonnener Nachbar... Ich fragte ihn, ob er Svorak kenne... Er antwortete mir, der wohne in Strezv, und da hab ich ihm vor Freude einen Tausend-Złoty-Schein in die Hand gedrückt...

Soweit bist du im Bilde, da du mich ja gefahren hast, und du hättest meine Wallfahrt abkürzen können...

Im Kramladen erkundigte ich mich nochmals nach Svorak, und mir schien es, als beunruhige meine Frage den Krämer...

Als ich den Mann endlich gefunden, ihn ausgefragt und er jede Antwort verweigert hatte, nahm ich ihn mit vorgehaltenem Revolver mit...

Ich quartierte ihn im ›Sankt Georg‹ ein und folterte ihn, wie es meiner Mutter ergangen war, fragte ihn immer wieder nach den Namen der anderen und besonders des Rothaarigen, der in meiner Erinnerung der Hauptschuldige geblieben war...

Doch leider hat sich der verängstigte Svorak aufgehängt, bevor er geredet hat...

Aber noch etwas Bezeichnendes war geschehen... Der Alte, dem ich die tausend Złoty gegeben hatte, wurde in Strezv ermordet aufgefunden...

Ich habe verstanden, was geschehen war... Über meine Freigebigkeit verwundert, war er selbst nach Strezv gegangen, um herauszubekommen, was es damit auf sich hatte...

Da stach ihn ein anderer Komplize nieder, weil er meinte, der Alte hätte die Bande auffliegen lassen: *der Mann der Krämerin, der sich alsbald davongestohlen hat*...

Es mußte schnell gehen, nicht wahr, Schultz? Ehe die Polizei, durch die hohe Kaution vorübergehend beruhigt, mir in die Quere kommen konnte...

Ich nahm lieber ein Auto als deinen langsamen Schlitten... Ich kehrte zum Kramladen zurück... Von der Frau wollte ich wissen, wo ihr Mann sei, und sie gab mir eine Adresse, die ihres Schwagers im Nachbardorf...

Den Mann fand ich dort nicht, aber den Schwager... Ich verfuhr so mit ihm wie sie damals mit meiner Mutter, und da hat er schließlich gestanden, zu der Fünferbande zu gehören...

Sein Bruder war vorbeigekommen, um ihn zu warnen, daß ich in der Gegend sei, aber er hatte keine Zeit mehr zu fliehen.

›Wer ist der Rothaarige?‹ fragte ich ihn.

›Das ist Schultz!... Den finden Sie im nächsten Weiler in einer Bauernkate am Ende eines Feldwegs...‹«

Moran zündete sich seine ausgegangene Zigarette wieder an, strich sich mit der Hand durchs Haar und sagte knapp:

»Ich habe ihn getötet... Aus Furcht, Schultz zu verfehlen, habe ich mir leider nicht die Zeit genommen, ihn ganz allmählich umzubringen. Ich bin hierhergekommen... Das Haus war leer... Ich habe gewartet, ohne noch recht zu hoffen, da ich wußte, daß der Mann der Krämerin vor mir hergaloppierte, um die anderen zu alarmieren...

Aber du bist doch gekommen...«

Er runzelte plötzlich die Stirn, beobachtete aufmerksamer den an seinen Sessel gefesselten Kutscher, erhob sich und berührte dessen Kopf.

»Und feige noch dazu!« knurrte er. »Jetzt ist er ohnmächtig geworden...«

Voller Verachtung ging er Wasser holen, goß es

Schultz ins Gesicht, der schließlich wieder zu sich kam und Anstalten machte, woran ihn allerdings die Stricke hinderten, sich auf die Knie zu werfen.

»Ich bin es nicht...«, winselte er. »Das stimmt nicht... Ich schwöre, es stimmt nicht, ich kenne dieses Haus nicht, ich bin unsch...«

Jetzt konnte der arme Schultz eine Vorstellung von den Torturen bekommen, die Svorak dazu gebracht hatten, sich aufzuhängen.

Bei Moran gab es keine Saite mehr, die das Mitleid hätte rühren können. Der Schmerz der anderen war für ihn ein Anblick, den er mit absoluter Gefühlskälte ertragen konnte.

»Du mußt gestehen, Schultz... Verstehst du?... Am liebsten würde ich dich nicht durch eine Kugel töten oder erwürgen, sondern dich zu Tode ängstigen... Ich werde damit anfangen, daß...«

Der Kutscher stieß gellende Schreie aus, rang vergebens nach Erklärungen:

»Ich heiße Schultz, aber ich habe nie in diesem Haus gewohnt... Ich bin ein armer Kutscher, der...«

Sollte er, ohne angehört zu werden, eines qualvollen Todes sterben? Würde es ihm nicht gelingen zu erklären, daß er zwar Schultz war, aber ein anderer, der mit dem Schultz von damals nichteinmal verwandt war?

»Ich schwöre... ich schwöre...«

»Erinnere dich an meine Schwester, Schultz!... Und an meine Mutter!...«

»Hören Sie!« keuchte der Kutscher.

»Was soll ich hören? Bist du so feige? Feige und dumm? Du glaubst, du könntest mich reinlegen, indem du mir etwas vormachst, du könntest mich ablenken...«

»Hören Sie... Wenn meine Stute so mit dem Huf scharrt, muß sie irgend etwas beunruhigen...«

»Und du hoffst, daß ich draußen nachschauen gehe, und unterdessen hättest du Zeit, dich von deinen Fesseln zu befreien?«

»Ich schwöre, Euer Gnaden... Ich bin ein anderer Schultz... Ich bin leider betrunken... Mein armer Kopf ist so schwer wie ein voller Hafersack. Und Sie quälen mich!... Sie quälen mich!... Genug!... Ich...«

Moran hielt ein, nicht wegen dem, was ihm sein Opfer sagte, sondern weil er tatsächlich das Gefühl hatte, draußen ein Geräusch zu hören.

Nun war er es, der eine gewisse Unruhe zeigte. Er war allein in einer abgelegenen Kate, ganz wie einst... Falls mehrere Männer auftauchten...

»Rühr dich nicht vom Fleck!« befahl er. Mit seinem Messer schnitt er Schultz, der reglos verharrte, die Fesseln durch.

»Du gehst vor mir. Ich halte meinen Revolver auf dich gerichtet. Bei der geringsten Bewegung schieße ich...«

Schultz wankte beim Versuch aufzustehen, aber die Angst zwang ihn schließlich auf die Beine.

»Geh zur Tür. Halte dich gerade. Mach jetzt auf...«

»Und wenn die uns da draußen erwarten? Wenn der andere Schultz...«

»Mach die Tür auf... So... Bleib stehen...«

Draußen vor ihnen war es dunkle Nacht, das Auto

stand im Schnee, etwas weiter weg der Schlitten mit der Stute, die schnaubte, als sie ihren Herrn witterte.

»Siehst du, da ist niemand...«

Im selben Augenblick gellte ein Schuß, und Schultz ließ sich auf den Boden fallen, Moran sprang über ihn hinweg, schoß noch im Laufen, und man hörte einen weiteren Sturz in den Schnee.

Die Szene war so wirr, wie es in Morans Erinnerung jene schreckliche nächtliche Szene von einst war.

Er hatte einen Mann niedergeschossen, das war sicher, und er glaubte die lange Gestalt des Krämers zu erkennen. Aber da war ein paar Schritte entfernt noch eine andere, vom Auto halb verdeckt. Er sprang in diese Richtung. Eine Kugel streifte ihn, ohne ihn zu treffen, und er stieß auf einen massigen Körper, wälzte sich mit ihm im Schnee.

Das einzige, was er sah, war ein rötlicher, mit vielen silbrigen Haaren durchwirkter Bart.

»Schultz...«

Ein Schrei, der ihm aus dem Herzen kam, der mit endlich befriedigtem Haß hervorbrach.

Und da er zu nah war, um seine Waffe zu benutzen, ließ er sie fallen und streckte seine Finger nach der Kehle seines Gegners aus.

Aber ein anderer Schultz, *der andere Schultz*, hatte den Schrei gehört und ihn für einen Hilferuf gehalten.

Und nun kroch der Kutscher zu einem der liegenden Körper. Im Schein des erleuchteten Fensters sah er, wie der Krämer, der noch nicht tot war, seine Waffe auf Moran richtete.

Noch ein Sprung...

Und Schultz, der andere Schultz, der richtige, wie es in der Folge heißen sollte, entriß dem Krämer den Revolver.

Er hatte noch nie einen Menschen getötet. Er hatte noch nie eine solche Waffe benutzt. War er noch betrunken? Jedenfalls drückte er auf den Abzug, ohne recht zu wissen, wie, ohne zu überlegen, und hinfort war der Krämer nicht mehr von dieser Welt.

»Ich glaube, er ist tot«, murmelte Moran, als er aufstand.

»Schade! Er hat fast nicht gelitten...«

Er hatte zu fest zugedrückt, gleich zu Beginn!

»Wo bist du, Schultz? Bist du verletzt?«

Und der arme Schultz wußte es selber nicht, wußte nicht, ob er, als der Schuß fiel, vorher oder nachher zu Boden gesunken war.

Es war vorher! Er war vor Angst hingefallen!

»Habe ich dir vorhin nicht zu sehr weh getan? Du hattest recht... Da liegt der echte Schultz... Ich könnte schwören, ihn wiederzuerkennen... Der Krämer ist gekommen, um ihn zu warnen... Sie müssen beschlossen haben, mir den Garaus zu machen... Bewaffnet haben sie mir hinter meinem Auto aufgelauert, entschlossen, mich wie ein Kaninchen abzuschießen...«

Verwundert betrachtete er seinen mit den Zähnen klappernden Begleiter, erkundigte sich dann:

»Was hast du?«

»Durst!...«

Sie fanden im Haus etwas zu trinken. Moran sah auf seine Armbanduhr.

»Zehn nach drei ... Wenn ich keinen Ärger haben will, sollte ich mich besser aus Wilna verziehen ...«

»Nicht weit von hier ist ein kleiner Bahnhof, in dem der Zug aus Warschau in einer halben Stunde hält ...«, verkündete Schultz, dem der Wodka seine Ruhe wiedergab.

»Bist du sicher?«

»Gewiß! ... Ich habe Verwandte in dem Dorf ... Daher kenne ich die Ankunftszeiten der Züge.«

»Habe ich dir vorhin sehr weh getan?«

Und sein Lebtag bereute Schultz seine Antwort.

»Nicht gar zu sehr ...«, antwortete er nämlich, um dem schrecklichen Moran zu schmeicheln.

»Hier! Als Schmerzensgeld ...«

Moran streckte ihm ein Bündel Banknoten zu, das der Kutscher nicht sofort durchzählte, aber später erwies es sich, daß es aus dreißig Tausend-Złoty-Scheinen bestand.

Wenn es ihm nun *sehr weh getan* hätte? Wenn es ihm *fürchterlich weh getan* hätte? Und wenn er *wirklich verletzt* worden wäre?

Die vier Reifen des Autos waren von dem Krämer und dem anderen, echten Schultz, nämlich dem bösen, zerstochen worden.

So bekam die Stute binnen einer halben Stunde mehr Peitschenhiebe als sonst in einem ganzen Jahr.

Als sie vor einem kleinen Bahnhof anhielt, wo ein einziger Beamter auf dem Posten war, machte sie den Eindruck, als breche sie gleich zusammen.

»Danke, Schultz! ... Adieu ...«

»Wenn man mich verhört, was soll ich sagen?«

»Was du willst... Morgen bin ich über die Grenze...«

Und Schultz erzählte wirklich, was er wollte. Aber da seine Taschen voller Złoty steckten und er sich beliebig viel Wodka in allen Geschäften Wilnas leisten konnte, erzählte er nicht immer dasselbe.

Je mehr Gläser er getrunken hatte, desto komplizierter wurde die Geschichte, auch in Gegenwart des Kommissars, ja sogar vor dem Richter.

»Es gab zwei Schultz, den guten und den schlechten...«, begann er gewöhnlich. »Der gute hat über den schlechten gesiegt, denn ohne mich wäre jener arme liebenswürdige Herr...« Schultzens Erzählungen verloren sich zusehends in Unverständlichkeit, und am Ende war offiziell nur noch eines gewiß: Ein gewisser Schultz, der in einer Kate in der Umgebung lebte, war ebenso wie der Krämer aus Strevz getötet worden. Das waren viele Tote aufs Mal, allerdings solche, denen niemand nachzutrauern gedachte.

Und Moran, der verschwunden war, hinterließ der Polizei eine Kaution, die den Kommissar in große Verlegenheit brachte.

»Eine kleine Karaffe goldenen Wodka«, bestellte stolz der gute Schultz bei Nikolai, dem ehrwürdigen, backenbärtigen Maître d'hôtel des ›Sankt Georg‹.

Jetzt wagte man nicht mehr, ihn abzuweisen, weil er bar mit neuen Geldscheinen zahlte.

Sein Schlitten stand wohl vor der Tür, ebenso seine Stute, aber wenn ihm gemeldet wurde, ein Kunde wünsche eine Fahrt, fragte er verächtlich:

»Ist es ein Amerikaner?«

»Nein …«

»Ja, dann ist nichts zu machen … Auf dein Wohl, Nikolai! … Ich sagte dir schon, als wir beide allein in der Kate waren, da habe ich ihm gesagt und ihm dabei fest in die Augen geschaut:

›Nun, Euer Gnaden, es ist an der Zeit, uns auszusprechen …‹

Verstehst du, Nikolai? … Ich habe den Braten gerochen! … Und er war nicht darauf gefaßt, daß ein Mann wie ich, der gerade meilenweit durch die Nacht gefahren war, ihm die Stirn bietet …«

Februar 1939

Die Geschichte von Josephs Kopf

Die Geschichte des Kopfes, die wahre Geschichte – denn seither sind andere kolportiert worden, die nur zum Teil der Wahrheit entsprachen oder von vorne bis hinten erstunken und erlogen waren, von Leuten, die Colón oder Panamá nie betreten haben und denen Jules nicht einmal die Hand gegeben hätte! –, die wahre Geschichte des Kopfes also beginnt bei Jules an einem Dienstagmorgen kurz vor acht.

Nun kehren die Besen in Colón, wie anderswo auch, recht früh die Überbleibsel des Vortags und der Nacht vor die Türen, und die aus den Fenstern geschüttelten Putzlappen wirbeln ihren feinen Staub in die ersten Sonnenstrahlen; zu dieser Stunde arbeiten die einen bereits und haben schon wieder Hunger, während andern durch Fensterläden und Moskitonetze erst die vertrauten Geräusche des Alltags ins Bewußtsein dringen.

Der Neger Napo putzte noch vor seiner Morgentoilette mit Schlemmkreide den großen Spiegel hinter der Theke und brachte, indem er mit seinem Lappen das Bord entlangwischte, die darauf aufgereihten Flaschen zum Scheppern. Napo wusch sich nie vor zehn, wenn das große Reinemachen beendet und der Bierhahn angeschlossen war. Da diese Prozedur viel Bewegung erforderte und es bereits heiß war, wehte in seinem

Kielwasser ein strenger Geruch. Doch Jules, der ganz andere Gerüche kennengelernt hatte, war der Schweiß des Schwarzen nicht unangenehm.

Jules war auch schon da, machte sich in der Bar zu schaffen, oder im Café, je nachdem, denn genau wie in jedem typischen Stadtcafé in Frankreich gab es eine Theke, ein Dutzend Kleiderständer zwischen den Spiegeln, einen gußeisernen Ständer mit der unvermeidlichen vernickelten Kugel für die schmutzigen Servietten und auf dem Dutzend lackierter Holztische Reklameteppiche für die Belotespieler, auf einem gar ein Tricktrackspiel. Der einzige Unterschied bestand in der Lamellentür, die nur bis Wadenhöhe hinunterreichte, so daß man den ganzen Tag über draußen Füße auf dem Trottoir vorbeigehen sah.

Jules war da und auch wieder nicht, denn die massige Gestalt ging schnaubend und knurrend, einen Schwall von Seife und Eau de Cologne hinter sich herziehend, unablässig zwischen dem Schankraum und dem kleinen Hinterzimmer, das als Küche und alles mögliche andere diente, hin und her. Jules war in Schale: er trug eine gestärkte Segeltuchhose, die ständig über seinen Bauch rutschte und schon steife Querfalten aufwies, ein frisches Hemd; hinter seinen Ohren klebte noch Talgpuder, und nun plagte er sich mit dem abknöpfbaren Kragen herum.

»Könntest du mir nicht mal helfen?«

Napo kniff ihm in den Adamsapfel, als er versuchte, den Kragenknopf zu verdrehen. Jules riß den Kragen ab, nahm einen andern, was ihn nicht daran hinderte, gleichzeitig die Schublade der Theke aufzuziehen, einen Blick nach draußen zu werfen, erst Papiere, dann Geld in seiner Tasche verschwinden zu lassen und sich dazu noch den Füllstand der Flaschen zu merken. Die Sonne zeichnete helle Streifen durch die Lamellen ins Café und auf die Gesichter. Draußen quietschte ein Kran, Droschken fuhren vorüber, und die Pferde schüttelten ihre Glöckchen, während in Fensterhöhe die weißen, mit zitternden Quasten geschmückten Baldachine der Wagen vorüberglitten.

Jules war fast fertig. Er hatte eine malvenfarbene Krawatte umgebunden und schlüpfte gerade in ein weißes Jackett, das noch steifer gestärkt war als die Hose, als hinter der Tür plötzlich Füße stehenblieben und darüber ein Kopf erschien.

»Verflixt!« knurrte Jules und schickte gleich hinterher: »Zapf mir ein Bier!«

Ein Mann trat ein, hochgewachsen, hager, im Smoking, ruhig und mißvergnügt, mit einem Monokel im linken Auge. Wortlos reichte er Jules die Hand über die Theke und stützte in typischer Stammgastmanier die Ellbogen auf.

»Morgen, Baron«, begrüßte ihn Jules.

Der Baron hob den Kopf, und Jules sah ihm an, daß er Chicha getrunken hatte, denn seine Pupillen waren starr und erweitert, seine Nasenflügel zeigten ein eigentümliches Zittern, seine Mundwinkel umspielte ein bitterer Zug.

»Du hast gespielt, gewonnen und nichts Besseres zu tun gewußt, als dich vollaufen zu lassen, stimmt's?«

Es konnte nicht anders sein, wenn man den Baron im Smoking um acht Uhr früh antraf. Abends zuvor mußte er bei seinen Streifzügen um das ›Hotel Washington‹ Mitspieler aufgegabelt haben, wahrscheinlich Engländer, denn in einheimischen Kreisen war er nicht mehr zugelassen. Einen Teil der Nacht hatte er beim Bridge verbracht und dabei gewonnen, nicht weil er gemogelt hätte, sondern weil er ein guter Bridgespieler war.

»Wieviel?« fragte Jules.

»Zweihundert Dollar. Du, Jules ...«

»Vertrunken?«

Die Frage erübrigte sich. Mit den zweihundert Dollar in der Tasche hatte er es sorgfältig vermieden, zu Jules zu kommen, er hatte sich mit Chicha in den zwielichtigsten Kneipen gemeinsam mit Negern und Mestizen betrunken, um schließlich in einem Keller zu landen, wo ein paar Unverbesserliche bis zum Morgen weitertranken.

»Du, Jules! ... Das ist eine Ehrensache ... Du mußt mir fünfzig Dollar leihen ...«

»So ist's richtig!« brummte Jules, ohne sich weiter aufzuregen. »Um zwei Uhr morgens hast du zweihundert Dollar in der Tasche, und um acht Uhr kommst du und willst fünfzig von mir ...«

Er hatte seine Toilette beendet, kam hinter der Theke hervor und setzte sich auf dem Weg zur Tür eine seltsame kleine Mütze aus cremefarbener Seide auf den geschorenen Schädel.

»Bis gleich ...«

»Glaub mir, Jules ...«

Aber Jules stieß schon die Tür auf und sagte:

»Eine *Santa* ist eingelaufen ...«

Denn es gab Tage mit *Santas*, Tage mit *Ws*, Tage mit *Villes*... Die *Santas* waren kleine Passagierdampfer der Linie New York–Valparaiso, die überall entlang der südpazifischen Küste anlegen, in Buenaventura, in Guayaquil, in Callao; sie hießen *Santa-Clara*, die *Santa-Maria*, die *Santa-Margarita*...

Die *Ws* waren die *Wisconsin* und die *Wyoming*, schöne französische Schiffe mit Swimmingpool, die von Le Havre nach San Francisco fuhren...

Schließlich die *Villes*, die *Ville-de-Verdun* und die *Ville d'Alger*: Sie fuhren von Marseille nach Tahiti und nach Neukaledonien und hatten nur Beamte an Bord...

»Die *Santa-Clara*«, präzisierte Jules, während er die Tür zuschwingen ließ und den Arm hob, um eine Droschke anzuhalten.

Sie ächzte unter ihrer Last. Er füllte sie wie eine Badewanne aus, und er lehnte sich zurück, ohne dem schwarzen Kutscher sagen zu müssen, wohin er wollte. Die ganze Straße entlang wurden die Schaufenster der Bazare geputzt, Sägespäne auf die Fußböden der Bars gestreut, und ein Sprengwagen versprühte gemächlich seinen doppelten Wasserstrahl über das Pflaster.

Dann kamen die großen weißen Gebäude der Schifffahrtsgesellschaften und der Banken.

»Halt mal an...«

Eine Bank. Durch ein großes Fenster erblickte man im Halbdunkel das Personal bei der Arbeit; schon hatte ihn einer der Angestellten von innen bemerkt und eilte ihm mit einem rosa Papier in der Hand entgegen.

»Endlich hat er gezahlt...«

»Hast du das Geld dem Konsulat überwiesen?«

»Es ist alles in die Wege geleitet...«

Jules steckte das rosa Papier in die Tasche. Der Schweiß rann ihm schon über das zu glatt rasierte Gesicht.

Das Pferd setzte sich wieder in Bewegung, hielt vor der Zollschranke, und Jules stieg ohne ein Wort aus, machte dem Zöllner ein gönnerhaftes Zeichen, watschelten den Kai entlang und erklomm schnaufend die Gangway der *Santa-Clara*.

Schweigend reichte ihm der Kommissar die Hand. Jules betrachtete eine Gruppe von Passagieren, die sich, sämtlich weißgekleidet, einen Tropenhelm auf dem Kopf, mit blau- oder schwarzgetönter Sonnenbrille und umgehängtem Fotoapparat, anschickten, an Land zu gehen.

Jemand zwinkerte ihm zu, und er erwiderte gelassen die Aufmerksamkeit, denn es war Félix, ein Kumpel, der ebenfalls geschäftlich an Bord war.

Schließlich stieg Jules, der den Weg kannte, erst eine Eisentreppe hinunter, dann noch eine, drang in die dunstige Hitze der Innengänge in der Nähe der Maschinen vor und stieß die Tür des Ersten Maschinisten auf, der ihn erwartete.

Denn Jules machte Geschäfte an Bord aller Schiffe, wenn auch nicht immer dieselben, es hieß, er betreibe Waffenschmuggel mit den südamerikanischen Republiken, und er widersprach nicht; auch wurde behauptet, er sei ein ehemaliger Sträfling und beileibe nicht Franzose, sondern Belgier, sein Vorname sei Jef, nicht Jules, doch auch das focht ihn nicht an.

An Bord der *Santas* war nicht viel zu erhoffen, weil die Amerikaner und die Leute aus dem Süden nicht Félix' Fall waren. Aber wenn sich zufällig Franzosen darunter befanden, lohnte es sich; aus New York kamen nämlich keine Beamten, die am Ende nichts mehr verführen kann, sondern echte Touristen.

Félix hatte an diesem Morgen drei von der Sorte im Schlepptau, ein Ehepaar aus Reims, das sich auf Hochzeitsreise rund um den Globus befand – der Ehemann sah aus wie der Juniorchef einer Champagnerkellerei –, und eine recht aufgedrehte Witwe aus Atlantic City, mit der sich das Paar beim Bridge angefreundet hatte.

Félix führte sie zu einem schönen Auto, das auf sie wartete. Morgens gab es in Colón kaum etwas zu sehen, außer den Bazaren, die allesamt von syrischen Geschäftsleuten betrieben wurden. Die *Santa-Clara* fuhr um zwei Uhr weiter.

»Ich empfehle Ihnen, Parfüm und Seide zu kaufen. Das ist hier billiger als irgendwo sonst auf der Welt...«

Die Verkäufer und Verkäuferinnen kannten ihn. Die Besitzer bemühten sich persönlich.

»Laden Sie sich keine Pakete auf... Sie werden alles bei Ihrer Rückkehr an Bord wiederfinden... Geben Sie nur Ihre Kabinennummer an...«

»Gibt es nichts Sehenswürdigeres zu besichtigen?«

Félix wußte weiß Gott, was sie wollten! Nachts war das einfach! Was nicht vorhanden war, wurde nötigenfalls inszeniert, und wenn sie unbedingt eine Schau haben wollten, hatte man rasch ein paar Neger und Negerinnen in einer Bretterbude versammelt!

»Ich werde Ihnen die sündige Meile zeigen. Um diese Zeit ist noch alles geschlossen.«

Félix sagte nicht, daß er zwei Frauen in dieser Straße hatte, jede mit einem kleinen Zimmer direkt zum Trottoir. Sie schliefen. Lohnte es sich, sie wecken zu lassen?

»Nachher bringe ich Sie zu Jules, damit sie einen echten Vorkriegs-Pernod trinken können ... In Colón ist das durchaus erlaubt.«

Er veranlaßte sie noch, ausgestopfte junge Krokodile als Mitbringsel für ihre Verwandten und Freunde zu kaufen. Er zeigte sich liebenswürdig, lächelnd, von würdiger Herzlichkeit. Wie er schon an Bord bei ihrem zufälligen Zusammentreffen erläutert hatte, war er kein Fremdenführer. Was er machte, tat er aus Gefälligkeit für seine Landsleute.

Der Asphalt und die Mauern dampften, und die Zugpferde hielten nicht mehr geradeaus, sondern trotteten mit gesenkten Köpfen auf die schattige Seite der Straße.

Der frischvermählte Juniorchef stellte Fragen. Die junge Gattin schmiegte sich an ihn. Die rothaarige Amerikanerin hatte große Schweißränder unter den Armen.

»Komm her, Napo ... Gib mir ein Glas Chicha ... Ich nehme an, daß Jules dir nicht verboten hat, mir etwas einzuschenken? ...«

Napo holte unter der Theke eine Flasche ohne Etikett hervor, die einen trüb-weißen Likör enthielt.

»Ich bin sicher, daß du mindestens fünfzig Dollar Erspartes hast?«

Napo stellte sich taub und putzte weiter, hob die

Flaschen eine nach der anderen hoch, um den Staub abzuwischen.

Der Baron rührte sich nicht vom Fleck. Er saß in der hintersten Ecke des Cafés vor seinem Glas Chicha. Er hatte sein Monokel nicht abgenommen. Von Zeit zu Zeit drückte eine seiner langen blassen Hände krampfhaft die andere, oder er zog an seinen Fingern, bis sie knackten. Ansonsten war er äußerlich ruhig. Er wartete. Er dachte nach.

»Weißt du nicht, wo Félix ist?«

»Sicherlich an Bord der *Santa-Clara*...«

»Hast du Angst, mir fünfzig Dollar zu leihen? Hör mal, Napo... Ich habe meinen Bruder Joseph wiedergefunden...«

Napo hob ruckartig den Kopf.

»Nicht ganz vollständig, aber seinen Kopf habe ich wiedergefunden...«

Gerade in dem Augenblick hörte man Stimmen, sah Beine unter der Tür, die sich nun öffnete, und Félix ließ den beiden Frauen und dem frischvermählten Juniorchef den Vortritt. Félix bemerkte sofort den Baron in seiner Ecke, begnügte sich aber mit einem beiläufigen Nicken. Er ließ seine Begleitung in der gegenüberliegenden Ecke Platz nehmen.

»Absinth, Napo...«

Er mußte ihnen zeigen, wie man den mit Löchern versehenen Löffel quer über das Glas legt, dann die Zuckerwürfel auf den Löffel gibt und das Wasser tröpfchenweise darübergießt. Die Amerikanerin kreischte, es sei gar nicht stark. Félix senkte seine Stimme und begann ihnen eine Geschichte zu erzählen, während sie einer nach dem anderen rasch zu dem Baron hinüberblickten. Glaubten sie ihm alles, was er ihnen sagte? Wahrscheinlich meinten sie, er übertreibe, und dabei begnügte sich Félix mit der reinen Wahrheit.

»Es ist ein echter Baron, der Baron Vouillé ... Ich weiß nicht, ob es alter Adel ist ... Wissen Sie, ich kenne mich da nicht aus ... Nach dem, was ich gehört habe, ist es eher Geldadel, Leute aus dem Haussmann-Viertel. Trotzdem sind es wirkliche Barone ... Ich sage ›es sind‹, denn es waren zwei ... und sehr reich ... Durch ihre Tante, glaube ich ...«

Man hätte meinen können, daß der Baron, wie er so regungslos dasaß, gebannt auf sein Glas Chicha starrte, sich ein Glas nach dem anderen füllen ließ, mit Félix unter einer Decke steckte und bloß so tat, als wisse er nicht, daß man über ihn redete. Er wußte es aber. Ihm war das vollkommen egal.

»Sein Bruder Joseph, der Jüngere, kam zuerst nach Colón. Er wollte Equador, Peru und Chile bereisen ... Er war erst fünfunddreißig ... Vielleicht noch nicht einmal ... Er fing an, ein zügelloses Leben zu führen, ließ das erste Schiff abfahren, dann das zweite, eben die *Santas*. Dann entdeckte er eine kleine, schmutzige Einheimischenkneipe und trank sein erstes Glas Chicha.«

Das stimmte und auch wiederum nicht. In Wirklichkeit hatten Jules, Félix und ein oder zwei andere, vor allem Mimile, der sich seltsamerweise an diesem Morgen nicht blicken ließ, Joseph alles gezeigt, was er sehen wollte, und dienten ihm die Vergnügungen an.

War es denn ihr Fehler, wenn sich Joseph nicht brav vergnügt hatte wie alle anderen und wenn er Geschmack an der Chicha und auch an einer Indianerin gefunden hatte, die nicht schön und nicht einmal sauber war?

»Schmeckt das denn, Chicha?« fragte die stets aufgedrehte Amerikanerin.

»Es schmeckt widerlich! Der richtige Name ist Chicha de mucos, weil die alten Eingeborenen dieses Getränk herstellen, indem sie Mais kauen und ihn in ein Tongefäß spucken, wo er gärt ...«

Die junge Angetraute drückte den Arm ihres Gatten und betrachtete den Baron mit einem gewissen Schrekken.

»Welche Wirkung hat das?« erkundigte sich der Gatte.

»Das sehen Sie doch! Auch er ... Aber warten Sie!«

In diesem Augenblick – es war noch nicht elf Uhr morgens – trat Jules wieder ein, wie immer breitbeinig, die Füße nach außen gestellt, nahm schon auf der Schwelle seinen abknöpfbaren Kragen ab, schaute die Gruppe in ihrer Ecke an, seufzte, verglich die Füllstände der Flaschen, blickte zu dem Baron und zu dessen Glas hinüber, ging sein Jackett ablegen, öffnete den Kragen seines Hemdes, ließ seine Hose über den Bauch rutschen, wie er es gewohnt war, und krempelte die Ärmel hoch.

»Joseph ist ein Jahr in Colón geblieben ...«, erzählte Félix immer noch mit gesenkter Stimme und zu seinen Gesprächspartnern hinübergebeugt. »Seine Familie, das heißt sein Bruder und seine Tante, machten sich Sorgen. Er wiederum betrank sich jede Nacht mit Chicha und wollte nicht mehr nach Europa zurückkehren.

Was dann weiter geschah, war allein Mimiles Schuld, ein guter Kerl, dem zwei Würstchenbuden gehören.«

Dem Ehepaar und der Amerikanerin mußte das unverständlich bleiben. Sie konnten nicht wissen, daß nachts an den Straßenecken Buden aufmachen, an denen Würstchen angeboten werden. Mimile, der nicht wie Félix zwei Frauen hatte, sondern nur eine, war Besitzer zweier von Negern geführter Würstchenbuden, wo er sich damit begnügte, ab und zu nachzuschauen und nach Ladenschluß die Abrechnung zu machen.

»Da! Ich habe Ihnen gerade von Mimile erzählt... Da ist er...«

Jemand kam zur Tür herein, weißgekleidet wie ein jeder hier und einen Panamahut auf dem Kopf. Er war hager, schmächtig. Er wirkte traurig, aber das schien nur so wegen der ihm eigenen Gesichtsbildung.

Schaute er einen an, dann so starr, daß man sich auf schreckliche Geständnisse gefaßt machte, wenn man nicht wußte, daß er ein Glasauge hatte.

Mimile drückte Jules wortlos die Hand. Er mußte ihm ein Zeichen gegeben haben, denn Jules folgte ihm ins Hinterzimmer. Einen Augenblick gab Félix auf die Fragen seiner Begleiter nur zerstreut Antwort, denn er fragte sich, was die beiden wohl miteinander zu bereden hatten.

»Sie sagten, es sei Mimiles Schuld gewesen...«

»Seine Schuld und auch wiederum nicht! Eines Morgens, die *Ville-de-Verdun* ist gerade eingelaufen, stürmt Mimile hier herein. Joseph war da. Den nannten wir Joseph und nicht Baron, ich weiß nicht, warum. Er war umgänglicher. Er trug auch kein Monokel. Mimile kommt gleich zur Sache:

›Rate mal, wer an Bord ist, Joseph! Dein Bruder... Auf jeden Fall ein Baron Vouillé, der in einer halben Stunde hiersein wird. Jetzt schlägt er sich gerade mit dem Zoll herum...‹

Daraufhin erhebt sich Joseph... Er hatte nicht viel Chicha getrunken. Er schien niemanden zu sehen... Er geht zur Tür... Man hat nur noch einen sich entfernenden Schatten gesehen und danach nichts mehr von ihm gehört...«

Pech für den frischvermählten Juniorchef, der skeptisch blieb, weil er als echter französischer Spießbürger immer fürchtete, bestohlen zu werden. Er tätschelte die Hand seiner Frau, als wolle er ihr sagen: »Erschrick nicht... Er will uns für unser Geld etwas bieten...«

Nun war bis hierhin Félix' Erzählung nicht von der Wahrheit abgewichen. Späterhin wurde das etwas anders, aber nicht so, wie das Champagnersöhnlein es hätte meinen können. Es war heikel, ihm zu erzählen, daß man in Begleitung des neuen Barons nach Joseph geforscht hatte, ohne diesen recht zu suchen, weil kein Interesse bestand, ihn zu rasch zu finden; zumal, als was mit dem einen der Brüder getan worden war, auch mit dem anderen versucht werden konnte!

Tatsächlich machte man sich keine großen Hoffnungen! Der andere war zu ernst, zu hochmütig, mit seinem Monokel und seinen langen, blassen Fingern. Er wurde hierhin und dorthin geführt. Ihm gegenüber wurde behauptet:

»Wo ein Mann am leichtesten untertauchen kann, ist das Negerviertel...«

Dann lief man mit ihm von einem heimlichen Chicha-Händler zum anderen...

Dennoch log Félix nicht, als er behauptete:

»Wie Sie ihn hier sehen, ist er noch süchtiger als sein Bruder Joseph... Er wäre fähig, Sie um einen Dollar anzubetteln, bloß um sich etwas zu trinken zu verschaffen. Ich mußte ihm in einem mir gehörenden Haus im Negerviertel ein Zimmer überlassen. Seine Tante hat ihm die Unterstützung entzogen... Er schreibt ihr nicht mehr... Von Zeit zu Zeit, wenn er nicht zu betrunken ist, zieht er seinen Smoking an und streift durch die Gärten des ›Hôtel Washington‹, wo man ihn kennt... Die Kellner versuchen, ihn zu vertreiben... Er darf nur hereinkommen, wenn ein Hotelgast auf seiner Anwesenheit besteht... Dann spielt er eine Partie Bridge und gewinnt und hat genug für ein paar Tage oder eine Nacht...«

Jules kam als erster aus der Küche, und sein Blick fiel auf Félix, der verstand, daß etwas im Schwange war, aber seine Kunden nicht plötzlich allein lassen konnte.

Dann kam auch Mimile wieder ins Café und setzte sich dem Baron gegenüber. Sie waren alle drei aufeinander eingespielt, Jules, Mimile und Félix. Sie verständigten sich durch Blicke und Zeichen, aber diesmal war es kompliziert.

Es verwunderte Félix, daß Jules dem Baron Chicha einschenkte, ohne daß dieser danach verlangt hatte.

»Sag mal«, murmelte Mimile, eine Hand in der Tasche seines Jacketts. »Baron... Bist du auch nicht zu betrunken?... Hältst du dich für fähig, den Kopf deines Bruders wiederzuerkennen?«

Der Baron betrachtete ihn, ohne zusammenzuzukken, aber sein Monokel beschlug.

»Bleib sitzen... Schau nur her...«

Auf dem Tisch wickelte er einen Gegenstand aus einem Seidenpapier, barg ihn in beiden Händen und gewährte nur einen kurzen Blick darauf.

»Hast du ihn Moses abgekauft?« fragte der Baron hart.

»Ich habe ihn heute morgen in seiner Auslage gesehen... Ich glaubte, Joseph wiederzuerkennen...«

»Ich habe ihn auch gesehen...«

»Warum hast du ihn dann nicht gekauft?«

»Weil ich kein Geld hatte... Gib ihn her!«

»Augenblick... Er gehört nicht mir... Jemand vom Schiff hat mich beauftragt, einen Kopf zu kaufen, und hat mir dafür hundert Dollar gegeben...«

»Normalerweise kosten sie fünfzig Dollar...«

»Ein Indianerkopf, aber nicht der Kopf eines Weißen...«

Unterdessen wusch Jules langsam und bedächtig Gläser, nahm reihum jeden, einschließlich der Amerikanerin und des Ehepaars, ins Visier.

»Was ist denn das da?« fragte die Amerikanerin, die gerade ihren zweiten Absinth getrunken hatte, den sie noch köstlicher fand als den ersten. Wenn sie in einer Weile nach draußen in die sengende Sonne ginge, mußte ihr bestimmt jemand den Arm geben...

»Ein Kopf...«

»Was für ein Kopf?«

»Ein Menschenkopf... Haben Sie nie davon gehört?... Die Jivaro-Indianer, die noch heute im tropischen Urwald leben, schneiden ihren Feinden die Köpfe ab und präparieren sie so, daß sie auf die Größe eines Apfels einschrumpfen, ohne etwas von ihrem Ausdruck zu verlieren... Trocken, sauber und glatt wie Leder... Und die Haare behalten ihre Länge...«

»Wie gräßlich!«

Es überlief sie kalt und sie hatte eine Gänsehaut, von den Schenkeln bis hinunter zu den Knöcheln, während die frischvermählte Französin spürte, wie ihr der Absinth wieder die Kehle hochkam und ihr Gatte sie mit einem Händedruck beruhigte.

»Sind Sie sicher, daß es ein Menschenkopf ist?«

Er war mißtrauisch. Nicht umsonst war er der Sproß einer Kaufmannssippe.

»Wollen Sie ihn aus der Nähe sehen?«

Félix stand auf, sagte ein paar Worte zum Baron und zu Mimile. Er nahm den Gegenstand, dem der Baron mit den Augen folgte, während seine Hand mit verkrampften Fingern nach dem Chichaglas griff.

»Was habe ich Ihnen gesagt? Das Erstaunlichste daran ist, daß es sich um den Kopf seines Bruders handelt... Ich habe Ihnen davon erzählt... Man hat ihn gerade im Schaufenster eines Mannes entdeckt, der allerlei Trödel verkauft... Mimile hat ihn im Auftrag eines Kunden erstanden...«

»Für wieviel?« fragte die Amerikanerin.

Und Félix, mit einem Blick zu Jules hinüber, sagte aufs Geratewohl: »Zweihundert Dollar... Sie werden immer seltener. Theoretisch ist der Handel mit ihnen verboten. Wenn Moses nicht...«

Die frischvermählte Französin wagte nicht, den Kopf zu berühren, der so groß wie ein Putenei und so glatt wie Juchtenleder war.

Ihr Mann war mutiger.

»Zweihundert Dollar«, wiederholte die Amerikanerin.

»Aber er ist schon verkauft...«

Jules ging mit der Chichaflasche in der Hand auf den Baron zu und schenkte ihm ein.

»Nun, Baron?« bemerkte er leichthin.

»Wenn du mir fünfzig Dollar geliehen hättest...«

»Wenn du die behalten hättest, die du heute nacht gewonnen hast...«

»Mimile hat nur fünfzig Dollar dafür gezahlt...«

»Das stimmt nicht«, beteuerte Mimile, das Glasauge starr auf ihn gerichtet.

Draußen verkündeten die Sirenen das Ende der Frühschicht. Die Droschken fuhren vorüber, die Quasten baumelten, die Glöckchen bimmelten, und solange noch Passagiere der *Santa-Clara* an Land waren, würden die Bazare nicht schließen und auch Moses' enger Laden nicht, wo es allerlei Trödel zu kaufen gab.

»Das ist Josephs Kopf!«

»Trink doch, Trottel...«

»Mir ist es einerlei, ein Trottel zu sein, aber das ist Josephs Kopf...«

Der Kopf kam zurück, nachdem er von Hand zu Hand gegangen war. Mimile wickelte ihn wieder in das Seidenpapier und steckte ihn in seine Tasche.

»Zweihundert Dollar, wieviel Franc macht das?« fragte der junge Gatte und schaute dabei seine Angetraute an, die besser rechnete als er.

Es lief ihr kalt den Rücken hinunter.

»Du wirst doch wohl nicht ...«

Die drei anderen flüsterten in ihrer Ecke, Jules, Mimile und auch der Baron, der eine steife Würde bewahrte.

»Versteh mich doch, Baron ... Ich kann es mir nicht leisten, zweihundert Dollar in den Wind zu schreiben ... Was kümmert dich das? ... Stell dir jetzt vor, diese Leute da ...«

Das Glasauge deutete auf die Gruppe um Félix.

»Mal angenommen, ich hole vierhundert Dollar dabei heraus und wir teilen ... Na? ...«

Ab und zu zog Jules seine Hose hoch, die ihm so tief den Bauch hinunterrutschte, daß man schon darauf wartete, sie endgültig fallen zu sehen.

»Es wäre falsch von dir!« knurrte er.

»Was wäre falsch?«

»Das nicht auszunutzen ...«

Napo schenkte eine neue Runde Absinth ein. Mimile trank roten Picon, Jules rotgefärbtes Wasser.

Endlich sah man, wie Jules sich erhob und zu Félix ging, ihm leise etwas ins Ohr flüsterte, nachdem er sich bei dessen Begleiterin mit einem leisen: »Sie gestatten?« entschuldigt hatte.

Als er sich entfernt hatte, seufzte Félix:

»Wenn Sie darauf bestehen ...«

»Wieviel?« fragte der Mann aus Reims.

»Vierhundert.«

»Ich nehm ihn!« stieß die Amerikanerin hervor und öffnete schon ihre Handtasche. Vielleicht hätte man eine Versteigerung organisieren können. Aber das wäre wohl ein etwas unwürdiges Schauspiel gewesen.

Félix zog es daher vor, nochmals aufzustehen, um sich mit den anderen zusammenzusetzen. Der in Seidenpapier gewickelte Kopf wurde noch einmal aus der Tasche geholt. Der Baron blickte starr.

»Moment ...«

Félix ging zu seinen Kunden zurück.

»Er sagt, zu den vierhundert Dollar müßten noch fünfzig kommen, um ...«

Der Champagnerhändler winkte. Das sollte heißen: »Nehmen Sie nur! Wir werden uns nachher schon einig werden ...«

Wie im Auktionshaus!

Die Amerikanerin zählte die Geldscheine. Ein paar Dollar fehlten.

»Warten Sie ...«, schaltete sich der junge Gatte ein, indem er die fehlenden Geldscheine hinblätterte.

»Sind Sie sicher, daß es wirklich Josephs Kopf ist? ...«

»Ich bin bereit, Ihnen das zu beschwören ...«

Nach der *Santa-Clara* gab es an jenem Tag kein weiteres Schiff mehr, außer einem schwedischen, das seine Passagiere nicht an Land gehen ließ, weil es schon Verspätung hatte.

Man spielte Belote. Louise, eine von Félix' Frauen, mit der er jedes Jahr zwei Monate in ihrer Villa in Joinville an der Marne verbrachte, war die vierte im Bunde. Der Baron, der zum Mittagessen eine Scheibe

Schinken verzehrt hatte, saß in seiner Ecke, trank weiterhin Chicha und starrte vor sich hin.

Gegen Abend mußten sie glauben, er sei nicht mehr in der Lage, dem Gespräch zu folgen. Im allgemeinen war es so. Er behielt zwar seine aufrechte Haltung, aber Gott weiß, wo er mit seinen Gedanken war.

So ergingen sie sich in Andeutungen über die Aufteilung.

»Du hast ihn für dreißig gekriegt!« stichelte Jules. »Moses hat es mir gesagt...«

»Ich schwöre dir... für vierzig!« beteuerte Mimile. »Der ist doch ein ausgemachter Lügner!«

»Nehmen wir mal an vierzig... Bleiben vierhundertzehn... für uns drei.«

»Moment!... Morgen wird er zweihundert dafür verlangen.«

»Du gibst ihm hundert... du bist mit Abheben dran... Herz ist Trumpf.«

Es war die Stunde, in der die Rolläden in der sündigen Meile hochgezogen wurden, aber Louise wußte, daß kein einträgliches Schiff vor Anker lag und Adèle genügen würde.

»So ein Bursche!... Er muß in den Urwald gegangen sein... Mit wem? Um auf die Jivaros zu stoßen, mußte...«

»Versuch nicht, uns einzulullen. Fünfzig für mich!...« knurrte Jules, der sich ein Bier zapfen gegangen war, dessen Schaumkrone er mit einem Holzmesser wegrasiert hatte.

»Dann bleiben also für mich...«, protestierte Mimile.

»Also sag mal, wenn ich nicht die Amerikanerin mitgebracht hätte und wenn ...«

»Schon gut! ... Reizen wir?«

»Fünfzig ...«

»Hundert hier ...«

Félix wollte scherzen:

»Hundert Dollar für Josephs Kopf. Ohne Flachs! Er selber hätte nie soviel dafür herausgeholt ...«

Auf einmal regte sich jemand. In seiner Ecke erhob sich der Baron, immer noch ernst, steif, das Monokel im linken Auge. Er stand auf und ging auf Félix zu, so als dürfte er keinem Hindernis begegnen. Er hatte so einen seltsamen Gesichtsausdruck, daß sich Félix seinerseits leicht beunruhigt erhob.

Und der Baron kam immer näher, ohne die anderen zu sehen, und als er sich in Reichweite seines Gegners glaubte, setzte er zu einem jener harten, vernichtenden Fausthiebe an, wie man sie in amerikanischen Filmen sieht.

Bloß war er nicht mehr imstande, die Entfernung abzuschätzen. Der Schlag ging ins Leere. Er selber fiel hin und rührte sich nicht mehr.

»Kümmert euch nicht um ihn!« seufzte Félix. »Ich werde ihn nach Hause fahren. Wieviel Gläser hast du ihm eingeschenkt, Napo?«

»Das weiß ich nicht mehr ...«

In der Droschke, die im Schritt fuhr und zwischen Lichtergirlanden das Negerviertel ansteuerte, redete Félix immer noch weiter.

»Mann, verstehst du? Wenn du schlau wärst ... Wir

machen die Nummer bei jedem Schiff... Du darfst doch Josephs Kopf wiedererkennen, oder etwa nicht?... Das reizt die doch nur... *Fifty-fifty*... Nicht nötig, Jules und Mimile da hineinzuziehen... Moses liefert sie uns für dreißig Dollar, einen wie den anderen... Er kennt einen Burschen, der sie bei den Jivaros holt... Und was die Jivaros anstellen, geht uns nichts an... Solange wir den Krempel bekommen...«

Er wußte, daß der Baron fest eingeschlafen war. Er spaßte für sich allein. »*Fifty-fifty*... Du wirst sehen!... Ich werde mal mit dir darüber sprechen, wenn du in der Lage bist, mir zu folgen.«

Die rot, blau oder violett erleuchteten Nachtlokale waren geöffnet. Aber es war ein öder Tag, da kein Schiff vor Anker lag. Mochten sich auch die Tänzerinnen verrenken und die Animierdamen gefärbtes Wasser an ihren Tischen trinken!...

Bald würde es dunkel sein! Holzhäuser mit Veranda. Neger, die draußen schlafen. Wäsche, die auch im Mondschein weitertrocknet.

Am Himmel waren Flugzeuge zu hören, amerikanische Flugzeuge, die den Kanal überwachten, der sich irgendwo dort drüben durch den Urwald und durch Seen wand, in denen es angeblich noch Krokodile gab. In den Schleusen hoben und senkten sich die Schiffe, die die Kunden für den morgigen Tag anlanden würden. Der Himmel war hell, veilchenblau. Schläfrige Neger bewegten sich auf den Veranden. Ein Baby wimmerte.

Rechts und wieder rechts in eine ungepflasterte Straße. Und immer die gleichen Holzhäuser. Félix besaß zehn, doch in letzter Zeit kamen die Mieten unregelmäßig herein, man mußte Drohungen aussprechen, um bezahlt zu werden.

Fünftes Haus links. Ein Schild: *Bonaventure, Damen- und Herrenschneider.*

Félix brauchte nicht anklopfen. Er rief:

»Bonaventure!... He!... Bonaventure...«

Ein langer Neger in Hemdschößen trat ins Mondlicht.

»Bring den Baron hinauf in sein Zimmer.«

Der Kutscher sprang nicht vom Bock. Félix rührte sich nicht vom Fleck. Bonaventure faßte den Baron unter die Schultern und ließ dessen Beine über den Boden und dann über die Treppe schleifen.

»Zu Jules!« befahl daraufhin Félix.

Vielleicht würde er noch nicht im Bett liegen, vielleicht wäre Louise noch da, und man könnte die nächtliche Kühle noch für eine letzte Partie Belote nutzen und dazu Würstchen essen, die Napo an einer von Mimiles Buden besorgen ginge?

1939

Der Hafen von Buenaventura

Als der Franzose die Tür mit dem verrosteten Metallgitter, das als Fliegennetz diente, aufstieß, war es noch nicht neun Uhr, aber sein gelbes Leinenjackett hatte schon zwei große Halbmonde von Schweiß unter den Armen. Wie gewöhnlich zog er das linke Bein etwas nach. Und wie gewöhnlich machte er ein wütendes Gesicht und stieß mit einer fast drohenden Gebärde seinen Strohhut, der die Form eines Kolonialhelms mit kleinen Luftlöchern hatte, in den Nacken.

Die Hotelhalle war leer. Dort hielt sich nie jemand auf: ein schwarzgestrichener Holzschreibtisch, dahinter leere Fächer, unter denen Schlüssel hingen, und links ein Drehständer mit Postkarten, die durch die Feuchtigkeit ihren Glanz verloren hatten.

Der Franzose rief nach niemandem. Er kannte sich in dem Haus aus. Er ging um eine Eisensäule herum und betrat den großen Saal, der mit seinen riesigen Fenstern wie ein Aquarium aussah.

Der andere stand bereits vor dem Spielautomaten, in den er eine Marke nach der anderen schob, das Auge starr auf die kleine Öffnung gerichtet, in der je nachdem Kirschen, Pflaumen oder Zitronen erschienen.

»Salut!« brummte der Franzose. Es klang mehr nach einer Beleidigung als nach einem Gruß.

Irgendwo knarrte in einem Radio eine Stimme mit

vielen Nebengeräuschen, und hinter seiner Bar polierte Joe, der Neger, mit einem schmutzigen Tuch die Gläser.

Das Schiff war noch weit von der Mündung entfernt. Man nahm es wahr, ohne es zu sehen. Sah man überhaupt jemals etwas deutlich in diesem verfluchten Land, wo der Nebel so dicht an den Scheiben klebte, daß sie gleichsam undurchsichtig waren?

»Whisky, Joe!« und er setzte noch hinzu: »Diesmal will ich an den Füßen aufgehängt werden, wenn ich nicht an Bord gehe!«

Es klang bei ihm immer wie eine Drohung.

Seit zwanzig Jahren verkündete er dasselbe, mit fast denselben Worten, jedesmal, wenn ein französisches Schiff in Buenaventura anlegte, sprich: einmal im Monat. Seit zwanzig Jahren kam er an diesem Tag morgens aus der ein gutes Stück weiter landeinwärts gelegenen Stadt mit den Holzhäusern, von der aus man das Hotel nicht sehen konnte. Ein paarmal hatte er sein Gepäck mitgebracht.

»Genug ist genug.«

Joe goß den Whisky in einen blanken Metallbecher und schob ihn über den Tresen. Der andere ließ währenddessen seinen Blick nicht von den Kirschen, den Pflaumen und den Zitronen, die in dem Bildfenster des Automaten stehenblieben.

Er hatte noch nichts gesagt. Wozu auch? Das Radio knisterte wie ein Kotelett auf einem Kohlenfeuer. Der Abstand war zu groß zwischen den drei Männern, dem Neger und den beiden Weißen, die jeder für sich ihr eintöniges Leben führten.

Und das Schiff, wie immer ein Frachter mit Passagierkabinen und einem kleinen Lotsenboot davor, pflügte sich seinen Weg durch den warmen Nebel in einem Wasser, das wie Schlamm aussah.

»Wieviel Bohnen, Joe?«

Kaffeebohnen, keine Gewehr- oder Maschinengewehrkugeln, denn die Schiffe, die aus Chile, Peru oder Equador kamen, legten nur an, um kolumbianischen Kaffee zu laden. Man konnte die Passagiere, die das Schiff verließen oder zustiegen, an den Fingern abzählen. Wichtig waren nur die Kaffeebohnen. Soundso viele Bohnen bedeuteten soundso lange Aufenthalt. Zwei Stunden. Zehn Stunden. Je nachdem.

Dann wieder nichts weiter als kahle Hotelmauern, kreideweiße, riesige, rohe Mauern, Treppen, Eisensäulen, offene Türen zu Zimmern mit unbenutzten Betten.

»Noch mal dasselbe, Joe, wenn es auch widerlich schmeckt!«

Jedesmal zwei zum Anfang, um sich in Stimmung zu bringen. Und Joe erklärte:

»Sie brauchen höchstens zwei Stunden zum Beladen... Man wird sie kaum zu sehen kriegen.«

»Ich werde mit ihnen fahren... Ich wette, ich kenne den Kapitän...«

Der Franzose kannte alle Kapitäne. Wieso hätte er sie nicht kennen sollen?

»Auf dein Wohl, Pedro! Wenn deine Maschine was ausspuckt, bist du's, der zahlt.«

Und der andere spielte und spielte. Um sie herum standen Tische mit Decken, Gläsern und allem, was man gebraucht hätte, um mindestens hundert Gäste zu bewirten, hundert Personen, die nie kommen würden. Und in den Zimmern Betten für fast ebenso viele.

Was hätte man denn gemacht, wenn sie gekommen wären und das Haus besetzt gewesen wäre? Die Laken waren feucht, in der Küche gab es keine Vorräte, es gab nicht einmal einen Koch. Es war kein richtiges Hotel, ebensowenig wie der Hafen ein richtiger Hafen war. Es gab zwar eine Werft mit Pfeilern und Betonblöcken. Und als Lagerhalle diente eine Art wellblechgedeckte Holzbaracke. Ein Schienenstrang verlief zwischen den Grundmauern eines Bahnhofs, der nie zu Ende gebaut sein würde, ringsherum eine einzige Schutthalde, und ganz zuoberst thronte das Hotel. Die Stadt war mehrere Kilometer entfernt und nicht zu sehen. Niemand vermutete hier eine Stadt. Und dieser warme, klebrige Nebel überall, so dicht, daß man nicht wußte, war es Regen oder nicht.

»Du gewinnst wohl, Pedro?« spottete der Franzose.

Pedro warf ihm einen finsteren Blick zu und fuhr in seinem einsamen Kampf gegen den Spielautomaten fort. In dem Speisesaal stand auch ein Korbschaukelstuhl, in den sich der Franzose setzte und zu schaukeln anfing. Der Schaukelstuhl knackte, die an der Decke hängenden Ventilatoren knackten, das Radio knackte.

Und dieses verdammte Schiff würde anlegen mit Leuten, die zwei Stunden lang nichts zu tun hätten oder zehn Stunden – das hing von der Anzahl der Bohnen ab – und alle in das Haus einfallen würden.

Zwei Kirschen ... drei Pflaumen ... Mal war Pedros linke Hand voll goldener Spielmarken, mal war sie leer.

Aus New York wird berichtet, José Amarillo, der Exdiktator von Paraguay, sei gestern in der Stadt eingetroffen und habe sich der Presse gestellt. Der ehemalige Präsident will in Texas eine Ranch kaufen und sich der Geflügelzucht widmen ..., meldete das Radio, und der Franzose knurrte:

»Hörst du, Pedro?«

Pedro spielte immer noch mit starren gierigen Augen. Wenn er keine Marken mehr hatte, ging er zur Bar und wandte sich an den Neger.

»Gib mir fünfzig und einen grünen Pfefferminz ...«

Der eine trank Whisky, der andere grünen Pfefferminzlikör. Alle beide waren fett. Hatten dieses gelbliche, weiche Fett, das man in den Tropen bekommt, wenn die Leber nicht mehr richtig funktioniert. Alle beide trugen dieses gelblichbeige Leinen, die Uniform der Südländer.

Der Spieler hatte schwarzes Haar, bläuliche schlechtrasierte Wangen und trug eine blutrote Krawatte über seinem weißen Hemd.

Dieses Schiff, das zum festgesetzten Tag, zur festgesetzten Stunde anlegte, war die ständige Bedrohung, die unerwünschte Unterbrechung einer Ruhe, die sich erst nach Stunden oder Tagen wieder einstellte.

»Wer weiß, vielleicht sind hübsche Mädchen an Bord«, grinste der Franzose.

Manche nannten ihn den Professor, einige Doktor, einige auch den Sträfling, denn es ging das Gerücht, er sei aus Cayenne geflohen, bevor er in Kolumbien Zuflucht gefunden hätte.

»Hast du gehört, Pedro? ... José Amarillo hat sich in

Texas eine Ranch gekauft und empfängt die amerikanische Presse... Noch mal dasselbe, Joe!... Amarillo macht sich aus dem Staub, nachdem er sich ein Vermögen verschafft hat... Also ich werde heute abend endgültig dieses dreckige Land verlassen und mich in Tours zur Ruhe setzen...

Das Schiff war fast am Kai. Es begann mit dem Landemanöver. Durch die trüben Scheiben erkannte man jetzt die Umrisse der Passagiere, die sich über die Reling beugten.

»Und ich werde Paris wiedersehen, hörst du!... Ich werde vielleicht Iturbi in seinem Stadtpalais in der Avenue du Bois de Boulogne besuchen.«

Noch ein Diktator. Einer, der gehängt worden wäre, hätte er sich nicht noch rechtzeitig aus dem Staub gemacht, und der sich in seinem Alter höchst komfortabel eingerichtet hatte und dessen Pferde das Rennen in Longchamps mitbestritten.

»Und du kriegst es nichteinmal fertig, den Automaten zu knacken!«

Zwei Kirschen, zwei Pflaumen, drei Zitronen...

Das Schiff war am Kai. Man konnte sehen, wie sich eine kleine Gruppe in Richtung auf das Hotel in Bewegung setzte, zwei Frauen in hellen Kleidern, einige Männer.

»Weiß Gott, sie haben Regenschirme aufgespannt...«

Denn es regnete, oder wenn es nicht regnete, näßte der Nebel genau so wie der Regen. Die Frauen staksten auf ihren hohen Hacken mühselig durch den Schutt zum Hotel.

Die Eingeborenen begannen mit dem Laden der Kaffeebohnen, die sie in einem halsbrecherischen Akt Sack um Sack auf ihrem Rücken wie Seiltänzer über den schmalen Steg vom Festland aufs Schiff balancierten.

»Pedro, ich schwöre, wenn der Kapitän nur einigermaßen sympathisch aussieht, werde ich aus deiner Welt verschwinden...«

Eine Welt, in der einen die Leere umbrachte, die Leere des Hotels, des viel zu großen Speisesaals mit allen seinen Tischen und Stühlen, die Leere der Zimmer, der Betten, der Schränke, die Leere des Hafens, wo es nichts weiter gab als dieses kleine schwarze Schiff, das man in weniger als zwei Stunden mit den Kaffeebohnen von den Rücken der Männer beladen haben würde, die Leere des halbfertigen Bahnhofs mit dem Schienenstrang, der nirgendwo hinführte.

»Marken, Joe!«

Der Spieler war auch fett, aber es war ein anderes Fett als das des Franzosen, ein flüssigeres, öligeres, aristokratisches Fett, das echte Fett des Südländers, mit einem blaugelben Schimmer.

»Noch mal dasselbe, Joe, bevor die Damen und Herren eintreffen...«

Er würde ihnen seine kleine Komödie vorspielen, immer dieselbe, er spielte sie unverändert bei jedem Schiff, das anlegte:

»Meine Damen und Herren Franzosen, zu Ihren Diensten... In diesem Land, das seit zwanzig Jahren wie ein Schwamm vor sich hinmodert und das...«

Wie viele Whiskys hatte er da schon intus? Es waren übrigens nicht so sehr die Whiskys, die zählten. Es war auch nicht Anteilnahme, die Labro – der einzige Name, unter dem man ihn kannte – dazu trieb, vielmehr das Bedürfnis, unter Landsleuten zu sein, zu schwätzen, anzugeben, sie zu verblüffen oder sie abzustoßen.

»Ich frage mich ganz ehrlich, ob ich nicht mit Ihnen abreisen sollte. Sie müssen zugeben, das wäre etwas merkwürdig. Ohne Gepäck! Aber brauche ich denn überhaupt Gepäck?«

Er schimpfte auf die Holzhäuser, wo man sich mit Ratten, riesigen Kakerlaken, Skorpionen und Schlangen herumschlagen mußte. Kurz, sein monatliches Dampfablassen.

»Fragen Sie die Leute von hier, was sie von Labro halten, wenn Sie hier überhaupt jemanden finden, der denken kann ...«

Er trank. Er lebte, das galt und daß es ihm jeden Abend gelang, betrunken zu sein, ohne es darauf anzulegen.

»Da sind sie, Pedro!«

Der andere spielte immer noch, hartnäckig, mit bösem Blick, von Zeit zu Zeit holte er neue Marken an der Bar und kippte einen Pfefferminz in sich hinein.

»Die Alte ist schon ein bißchen vertrocknet, aber die Kleine wäre noch ganz gut zu gebrauchen ...«

Merkwürdig, auf jedem Schiff fuhren unweigerlich mindestens ein hübsches Mädchen und eine alte Dame mit, und auch immer ein mehr oder weniger lächerlicher Typ.

»Du wirst sehen, sie werden Postkarten verlangen.«

Sie verlangten sie. Ein rundes Dutzend wollte sich am Hafen die Beine vertreten, und wie immer war einer darunter, der die einheimische Küche kosten wollte. Die nun war Sache des Chinesen. Maître d'hôtel und Koch in einer Person, der freilich nur mit Dosenkost aufwarten konnte.

Pedro hebelte verbissen weiter. Die Bordoffiziere würden wie immer die letzten sein und ihre Passagiere einsammeln wollen, wie man Lämmer von der Weide holt.

»Wenn der Kapitän nur einigermaßen sympathisch aussieht...«, wiederholte Labro zum x-ten Mal, »hau ich mit ihm ab, diesmal ist es mir ernst.«

Aus der Halle hörte man zwei Passagiere den herbeigeeilten Neger fragen:

»Verzeihung, Monsieur, könnten Sie mir sagen...«

»Könnte man wohl hier etwas bekommen...«

Das Radio knackte noch immer. Der dicke Nebel war etwas heller geworden. In diesem Land bedeutete das noch gelber, aber auch durchsichtiger. Und noch wärmer. Die Mauern schwitzten.

Drei Kirschen... zwei Pflaumen... drei Zitronen...

»Aber gewiß, Madame, ich bin Franzose... Und wir werden höchstwahrscheinlich die Überfahrt zusammen machen... Das ist Ihr Gatte? Hocherfreut... Sie sind ein kluger Kopf... Zwei Whisky, Joe, und etwas weniger Scharfes für Madame...«

Der andere, Pedro, spielte wie besessen, und als die Maschine den Vorrat an Jetons verschlungen hatte, ging er erneut zur Bar.

»Marken und grünen Pfefferminz...«

Unterdessen hatte sich ein Passagier, ein kleiner runder Herr, dem Apparat genähert und einen Sou in die Öffnung gesteckt.

»Pardon«, knurrte Pedro, während er auf seinen Platz zurückkehrte.

»Ich habe vor Ihnen gespielt.«

Der kleine Herr war verwirrt, schluckte, trat etwas zurück und wartete darauf, wieder spielen zu können, ohne zu ahnen, daß allein seine Gegenwart den anderen in Wut brachte.

Kirschen... Zitronen... Pflaumen...

Zwei Pflaumen, eine Zitrone... zwei Zitronen, drei Pflaumen...

»Sie werden verstehen, meine Damen, daß für jemanden wie mich...«

Der Franzose redete, der andere spielte.

Den anderen, den Unbekannten, den Störenfrieden, den Passagieren, die ausgestiegen waren und sehr bald wieder einsteigen würden, stellte man mehr oder weniger höflich das Bestellte – sofern vorhanden – auf den Tisch.

Pedros Blick hatte etwas Hartes, Unerbittliches, und jedesmal, wenn er am Hebel des Kastens zog, wurden seine Pupillen starr, als hinge sein Schicksal von den kleinen bunten Bildern ab, die gleich erscheinen würden.

Wieder mußte er sich neue Marken an der Bar holen und goß bei der Gelegenheit einen grünen Pfefferminz in sich hinein. Mochte er sich auch noch so sputen, der Herr hatte sich die Zeit zunutze gemacht und eine Marke in den Schlitz geschoben.

»Nein, Monsieur«, sagte Pedro.

»Wie bitte?«

»Ich sagte nein, das ist mein Spiel.«

»Ich möchte Sie darauf aufmerksam machen ...«

»Nichts da!«

Es lag so viel Leidenschaft in seinem Blick, so viel Entschlossenheit, so viel Drohendes in seiner Haltung, daß die reife Dame von ihrem Platz am Tisch des Franzosen aufstand und einschritt:

»Grégoire, wenn dieser Herr vor dir da war ...«

Und Grégoire trat zurück. Aber er war so fasziniert von dem Kirschen-, Pflaumen-, Zitronenspiel, daß er mit der angstvollen Miene eines Kindes, das von der Pause ausgeschlossen wurde, darauf wartete, wieder dran zu kommen. Er verfolgte das Spiel und zählte im Geist die Marken, die der andere noch in der Hand hatte.

Geräuschlos, ohne daß der andere es merkte, näherte er sich der Bar.

»Geben Sie mir zwanzig«, sagte er halblaut zu Joe.

Bei Pedro waren vier Marken herausgekommen, aber er verlor sie wieder.

Eine Kirsche ... eine Pflaume ... eine Zitrone ...

Seine Hand war leer. Witterte er die Gefahr? Hatte er das heimliche Tun seines Gegners gemerkt? ... Fast hätte er sich die Marken von Joe bringen lassen, aber er hatte Durst ...

Er tat einen Sprung zur Bar hin, wandte den Rücken nur einen Augenblick.

Der kleine Monsieur war ebenfalls schnell und vor allem versessen darauf, sein Glück zu versuchen.

Pedro hob das Glas mit dem grünen Pfefferminz an die Lippen und fuhr zusammen, erbleichte, wurde noch gelber, glaubte seinen Ohren nicht zu trauen. Hinter ihm war ein Geräusch zu hören, ein Geräusch, auf das er seit Wochen, seit Monaten gewartet hatte, das triumphierende Geklimper der Marken, aller Marken, die im Bauch der Maschine gelegen hatten, und die über die Holzschale hinaus bis in die Mitte des Saals rollten.

»Sieh nur, Pauline...«

Pedro stellte sein Glas ab. Pedro drehte sich um. Seine Hand, nun auf einmal hart wie Stahl, legte sich auf die Schulter des kleinen Herrn, der zusammenfuhr. Seine Stimme war schneidend.

»Nein, Monsieur...«

»Wie bitte?«

»Ich sagte nein!«

»Sie wollen doch wohl nicht behaupten, ich hätte nicht das Recht...«

»Nein, Monsieur... Lassen Sie mich bitte an meinen Platz...«

»Grégoire«, griff Pauline ein, »so laß ihn doch.«

»Aber wenn ich doch gewonnen habe!« protestierte Grégoire, und in seinen Augen schimmerte es feucht.

»Was macht dir das schon aus? Wenn Monsieur nun einmal...«

»Er hat gespielt, und ich habe gespielt... Er hat verloren, und ich habe gewonnen...«

Im folgenden ging alles so schnell, daß jeder im Saal, auch die Beteiligten, wie vor den Kopf geschlagen waren. Eine Hand erhob sich, die von Pedro, schlug heftig auf ein Gesicht, das des kleinen Herrn, und das dumpfe Klatschen der Ohrfeige schallte in der Leere des großen Raumes mit den riesigen Fenstern.

Übrigens wurde Pedro sofort danach wieder zum Gentleman.

»Ich möchte mich bei Ihnen entschuldigen ...«

Ein Blick auf die Maschine. Sein Fuß stieß ein paar Marken zurück, die auf dem gefliesten Boden lagen.

»Ich hätte Sie nicht ohrfeigen dürfen ... Aber Sie hätten auch nicht ...« Er sprach jetzt mehr zu sich selbst, sehr schnell, leise, kaum mehr verständlich.

»Diese Maschine gehört mir, verstehen Sie? ... Und weil ...«

Er beendete den Satz nicht, verließ schnell den Saal, und man hörte ihn die Treppe zur ersten Etage hinaufsteigen, wo die Türen zu dem Labyrinth von leeren Zimmern offenstanden.

»Madame«, feixte Labro, »ich wette, Sie haben nichts verstanden.«

»Gibt es da etwas zu verstehen?«

»Dieser Kerl da ...«

»Das ist allerdings ein Kerl!«

»Er ist nicht das, was Sie glauben ...«

»Er ist ein Flegel oder ein Verrückter.«

»Nun, wir sind hier wohl alle mehr oder weniger verrückt ... Er ist der ehemalige Diktator von ...«

»Was sagen Sie da?«

»Ja, Madame ... Es gibt einige tausend Leute ...«

»Wie bitte?«

»Verwandte von denen, die er hat umbringen lassen, als er an der Macht war – es gibt einige tausend Leute, sage ich, die wer weiß was drum gäben, wenn sie wüßten, wo er sich aufhält ...«

»Ich verstehe nicht, was das...«

»Es tut auch nichts zur Sache... Noch mal dasselbe, Joe... Seine Kollegen leben heute zum Teil...«

»Was für Kollegen?«

»Ich spreche von denen, die eine gewisse Zeit in verschiedenen Republiken von Südamerika an der Macht waren. Einige von ihnen, wie gesagt – das Radio brachte erst heute morgen wieder einen Bericht –, sind ungeschoren davongekommen und leben heute in Saus und Braus, in New York, Paris... Er ist hier der Chef, und das ist das einzige, was ihm geblieben ist.«

»Was geht uns das an?«

»Er spielt um sein Glück...«

»Gegen wen?«

»Gegen den Automaten...«

»Das ist verrückt...«

»Der Automat gehört ihm...«

»Das ist kein Grund...«

»Das hier ist aber trotzdem ein Hotel...«

»Auch das Hotel...«

»Wo Sie ihn gestört haben...«

»Bitte?«

»Wo Sie uns gestört haben...«

»Was?«

»Und Ihr Gatte...«

»Mein Gatte, Monsieur, ist ein anständiger Mensch, und wenn ich wüßte, wo ich hier einen Polizisten finde... Komm doch mal her, Grégoire...«

»Ihr Mann hat mit einem einzigen Wurf, mit einer Marke den Mechanismus ausgelöst...«

»Na, und weiter?«

»Nichts weiter, Madame, nichts weiter. Pedro hat schlimme Spiele gespielt. Er hat gewonnen. Er war sehr mächtig, hoch dekoriert.

Die Könige nannten ihn ›mein Vetter‹. Er hat Leute aufhängen lassen und wurde Tag und Nacht bewacht. Erst hat er gesiegt, dann hat er verloren. Nun hat er gegen die Maschine gespielt...«

»Hat denn mein Mann nun gewonnen oder nicht?«

»Er hat gewonnen, Madame... Sie entschuldigen mich?... Ich glaube nicht, daß ich dieses Schiff nehmen werde...«

Und nachdem Labro einen letzten Whisky am Tresen getrunken hatte, begab er sich hinkend zur Treppe, um nachzusehen, was sich da oben abspielte.

Saint Andrews, Kanada, 31. August 1946

Little Samuel auf Tahiti

Kapitän Oostings hatte vor mehr als einer Viertelstunde mit dem Stewart telefoniert – es gab in allen Kabinen Telefon –:

»Sie können dem Chef Bescheid sagen, Tahiti ist in Sicht.«

Der Stewart klopfte an die Tür des Rauchsalons, hörte Stimmen jenseits der Tür und drückte sie auf. In dem Zigarren- und Pfeifendunst waren die drei Männer kaum zu erkennen.

»Kapitän Oostings läßt ausrichten...«

Little Samuel hatte keinen Blick für ihn, denn er hielt die Bank. Mit halbgesenktem Kopf fixierte er unter buschigen Augenbrauen hindurch das lange rotbehaarte Gesicht von Slatkovitch, der sich verlegen seinen Bart kratzte.

»Karte?« murmelte der Versucher Samuel.

Sie spielten Siebzehn und Vier. Slatkovitch forderte eine Karte, Little Samuel reichte ihm triumphierend eine Neun und nahm die Handvoll Hundertfrancmünzen, die zwischen ihnen lag, an sich.

Er dachte erst wieder an Tahiti, als er eine ganze Weile später die Bank abgab. Er erhob sich, gurgelte mit einem Schluck Champagner und sagte zu den beiden anderen, sie sollten einen Augenblick auf ihn warten. Danach ging er ohne große Begeisterung an Deck der Yacht. Kapitän Oostings in weißer Uniform unter seiner schwarzen Regenhaut erwartete ihn. Little Samuel trug eine Leinenhose, ein offenes Hemd über seiner behaarten Brust und Strohschuhe. Er hatte kaum die Tür geöffnet, als er von einem Windstoß mit einem so heftigen Schwall Wasser überschüttet wurde, daß er nicht unterscheiden konnte, war es Regen oder eine Welle. Little Samuel runzelte die Stirn und musterte den Kapitän und den Horizont aus zusammengekniffenen mißtrauischen Augen.

Was hatte man ihm da von Tahiti erzählt? Er sah nichts als Grau, Grau und Nässe sowohl über wie unter ihm, und das Meer trug häßliche weiße Schaumkronen.

»Da hinten«, brummte Oostings und deutete auf einen Punkt am Horizont.

Und in der Tat hob sich eine Art graugezuckertes Brot vor dem Wolkenvorhang ab.

Little Samuel richtete seinen Blick erneut auf das rosige, durchnäßte Gesicht seines Kapitäns. Es war ein Blick voll tiefer Nachdenklichkeit und tiefem Zweifel. War es denkbar, daß jemand, den er so teuer bezahlte wie Oostings, es tatsächlich wagen würde, sich über ihn lustig zu machen und ihm einzureden, irgendein Gebirge da vorn sei Tahiti?

»Es hieß doch, es sollte nicht mehr regnen«, bemerkte er schroff.

»Die Regenzeit müßte in der Tat seit zwei Wochen vorbei sein. Ich habe mich mit der Wetterstation in Verbindung gesetzt. Sie erwarten von Stunde zu Stunde gutes Wetter.«

Little Samuel begnügte sich mit einem schroffen:

»Na gut, sagen Sie mir Bescheid!« und verschwand im Niedergang wie eine Ratte im Loch.

Es war das zweite Mal, daß er den Fuß auf Deck gesetzt hatte, seit die Yacht San Francisco verlassen hatte. Als sie ablegten, hatte er Oostings eingeschärft:

»Sagen Sie mir Bescheid, wenn das Kreuz des Südens zu sehen ist!«

Und eines Abends, als sie wie an jedem Abend im Rauchsalon Karten gespielt hatten, hatte ihn Oostings durch den Stewart benachrichtigen lassen. Er war gekommen und hatte etwas gehumpelt. Er hatte Plattfüße und noch dazu sehr empfindliche.

»Wo ist es?«

Der Kapitän hatte auf eine Sternengruppe am Himmel gewiesen.

Little Samuel hatte sie mit nachdenklicher Miene betrachtet und sich dann zu Oostings gewandt. Auf seinem Gesicht hatte ein Ausdruck von Mißtrauen und Geringschätzung gestanden.

»Na gut!« hatte er bemerkt und war zu seinen Freunden zurückgegangen.

Jetzt setzte er sich wieder und ergriff die Karten, nicht ohne vorher einen Blick auf die drei Haufen von Hundertfrancmünzen geworfen zu haben.

»Wer hat die Bank?« fragte er und tat, als erinnere er sich nicht, verloren zu haben.

»Ich!« behauptete Slatkovitch.

»Stimmt das, Schoofs? Hat er sie?«

Er protestierte nicht, aber er versank eine Weile in Nachdenken. Was stellten diese Leute eigentlich dar?

Gar nichts! Burschen, mit denen er in seiner Dorfschule gespielt hatte. Der rotbärtige Slatkovitch mit seinen schlechten Zähnen war Schneider. Er roch immer nach Stoff. Und Schoofs verkaufte Räucherfisch. Wer hatte sie nach Amerika kommen lassen? Samuel. Samuel, der gar nicht wußte, als er ihnen schrieb, ob sie nicht schon gestorben waren, denn sie hatten alle drei die Sechzig überschritten. Und wer hatte sie an Bord seiner Yacht mit nach Tahiti genommen, das erstemal in seinem Leben, daß er Urlaub machte? Samuel! Und wer hatte bei der Abreise die Hundertfrancmünzen ausgeteilt, neue Münzen, die er extra von der Bank hatte holen lassen? Samuel!

Und da hätte ihm nicht einer von sich aus die Bank überlassen!

Um das, was Oostings inzwischen tat, brauchte man sich keine Sorgen zu machen. Wenn das Spiel zu Ende wäre, würde Samuel Schoofs bitten, seine Geschichten im Dialekt zu erzählen, die Schoofs auf so drollige Art zum besten gab, daß Samuel sich schon in der Schule krankgelacht hatte. Er konnte alle möglichen Leute nachahmen, ihre Stimmen, ihre Mimik, den Akzent, sogar Tiere, und bewahrte dabei eine todernste Miene.

»Ist Tahiti in Sicht?« fragte er.

»›Er‹ sagt es.«

Vierzig Männer waren auf ihren Posten, von der Ruderbank bis zu den Maschinen, einschließlich der Kombüse und der Pantry. Vierzig Männer, ausgewählt unter den Besten ihres Berufs, denn als Little Samuel seine Yacht bauen ließ (weil Big Samuel vom Film eine besaß), hatte er erfahren, Statistiken zufolge hätte die holländische Marine die geringste Anzahl von Schiffsuntergängen zu beklagen, einmal weil die Holländer alte Schiffe an arme Länder weiterverkauften und weil die Besatzung ganz besonders gewissenhaft und so gut wie nie betrunken war.

So hatte Little Samuel Oostings aus Holland kommen lassen und sich nicht mit einem weitgereisten Kapitän begnügt, es mußte ein Professor von der Marineschule sein. Die Dieselmotoren kamen aus Deutschland und der Kreiselkompaß aus England.

Die Zeitungen hatten berichtet, die Yacht habe eine Million Dollar gekostet, aber Little Samuel wußte, daß sie übertrieben, kaum achthunderttausend! Einschließlich der Klimaanlage. Sie war das einzig Unterhaltsame an Bord. In den großen oder die kleinen Salons setzte nie jemand einen Fuß, und Samuel war nicht der Mensch, der von seiner Kabine aus in die Betrachtung des Meeres versinken würde. Man hielt sich fast ausschließlich im Rauchsalon auf, zwischen abgebrannten Streichhölzern, Zigarren- und Zigarettenkippen, leeren Gläsern, Siphons und Flaschen. Und wenn man vor Qualm nichts mehr sehen konnte, dann fing man an, sich so richtig wohl zu fühlen.

Neben der Tür befand sich ein kleiner verchromter Apparat, wie ein Lichtschalter, aber ein Lichtschalter mit Skala, und daneben eine Art Thermometer. Samuel erhob sich zehn-, zwanzigmal am Tag, wenn er nicht gerade die Bank hatte.

»Wieviel Grad wollt ihr?«

Es genügte, den Schalter zu drehen, die Nadel auf

zehn, auf zwanzig, sogar unter Null zu stellen, und einige Minuten später hatte sich die Temperatur im Zimmer geändert.

Samuel schüttelte den Kopf. Das war in der Tat eine drollige Erfindung!

»Würden Sie dem Chef sagen, daß wir uns vor der Hafeneinfahrt befinden und daß ich seine Befehle erwarte?«

Diesmal sah sich Little Samuel vor. Er hatte einen Trenchcoat über seine Schultern geworfen und hielt sich bereit, den Rückzug anzutreten.

Es regnete so stark, wie er es noch nie hatte regnen sehen, selbst nicht in seinem Dorf mitten in Europa, wo er fast das ganze Jahr in Stiefeln herumgelaufen war. Er sah hinaus, täuschte sich in der Richtung und sah ins Weite. Plötzlich entdeckte er ganz nah bei der Yacht ein Riff, an dem sich die Brandung tosend brach, und jenseits davon einen blaugrünen See, grüne Bäume, eine Uferstraße und zahllose mit Wellblech gedeckte Gebäude.

Ein Passagierdampfer war gerade in die Lagune eingefahren und wollte anlegen. Auf dem Kai für ankommende Schiffe warteten Hunderte von Menschen unter glänzenden Regenschirmen.

Little Samuels Blick suchte die Augen von Oostings, und diesmal war es ein schrecklicher Blick, niederschmetternd, restlos enttäuscht.

»Soll ich in die Lagune fahren?« fragte der Kapitän puterrot.

In die Lagune fahren? In dieses schmutzige Wasser?

Am Fuße dieses unheimlichen Gebirges, das die Wolken mittendurch schnitt?

»Nein, Monsieur Oostings ...«

»Was soll ich dann also tun?«

Little Samuel zuckte mit den Schultern und ging, mit dem Vorsatz, nicht wiederzukommen, in den Rauchsalon zurück. Er warf seinen Trenchcoat in eine Ecke auf den Teppich, schüttelte Wassertropfen aus seinen grauen Haaren, ergriff eine Knoblauchwurst und brummte mit einem Seitenblick auf Schoofs:

»Ich frage mich, was Big Samuel während des Sturms gemacht hat.«

Er hatte komischerweise Big Samuel nie gesehen und nie von ihm gehört, bevor er selbst für ganz Amerika Little Samuel geworden war, der kleine Samuel, denn er war in der Tat sehr klein.

Er wohnte in New York und war der größte Hemdenfabrikant auf der ganzen Welt.

Big Samuel, der dicke Samuel, wohnte in Hollywood und beschäftigte sich ausschließlich mit Film. Eines Tages hatte Little Samuel herausgefunden, daß sie beide aus demselben Ort stammten und wahrscheinlich sogar verwandt waren. Von da an interessierte er sich für das Tun und Treiben von Big Samuel, und weil sich Big Samuel eine Yacht gekauft hatte, hatte er sich auch eine bauen lassen.

Er wäre wahrscheinlich niemals aus den Gewässern des Hudson herausgekommen, wenn Big Samuel nicht eine Kreuzfahrt zu den Antillen unternommen hätte.

Sofort entschloß sich Little Samuel zu einer Kreuzfahrt nach Tahiti.

Big Samuel hatte Filmschauspieler eingeladen, und die Zeitungen hatten von einem Sturm berichtet, in den sie im Golf von Mexiko geraten waren.

Little Samuel hatte nur seine beiden Freunde Slatkovitch und Schoofs mitgenommen. Er hielt an seinen Gewohnheiten fest, er hätte gar nicht anders gekonnt. Sie gingen fast nie in die Messe, um die Mahlzeiten einzunehmen, die der Koch für sie zubereitet hatte. Sie verpflegten sich lieber selbst und taten sich im Rauchsalon an Fischen und geräucherter Gänsebrust, die Schoofs ausgewählt hatte, Würstchen und Meerrettich gütlich.

»Ich frage mich, was Big Samuel...«

Er stellte die Temperatur zwei Grad höher, zuckte mit den Schultern und schlug vor:

»Wie wär's mit einem Spielchen?«

Zwei Tage ging das nun schon so, daß die Gäste des ›Cercle Franco-Anglais‹ oder des auf Pfählen in die Lagune gebauten ›Cercle colonial‹ beim Eintreten als erstes ans Fenster stürzten und dort ihre Ferngläser auf die große weiße Yacht richteten, die draußen auf dem Meer schaukelte.

»Weiß immer noch keiner, was die da draußen vorhaben?«

Das Lotsenboot war durch die Brandungszone hindurch zur Yacht gefahren, doch Oostings hatte ihnen durch sein Megaphon zugerufen, daß sie nichts brauchten.

Am dritten Tag fuhr Doktor Patin allein mit seinem Motorboot, das er zum Haifischfang benutzte, aufs Meer hinaus. Man sah ihn durch die Brandung an den

Klippen vorbeihüpfen und stellte sich vor, wie er um das weiße Schiff herumbrummte.

Als er total durchnäßt zurückkam, war sein Bericht folgender:

»Ich habe den Namen am Heck gelesen. Es ist die *Sesostris*. Auf der Brücke sind nur Matrosen in Ölzeug. Das Schiff fährt mit gedrosselter Maschine immer im Kreis herum.« Man sah in den nautischen Jahrbüchern nach und stellte fest, daß die *Sesostris* als eine der luxuriösesten Yachten der Welt galt und einem amerikanischen Millionär gehörte, einem gewissen Mr. Samuel, genannt Little Samuel.

Der sah von Zeit zu Zeit durch das triefende Bullauge. Wieviel Tage genau mußte er das noch aushalten?

»Erzähl die Geschichte von dem Lehrer, der seine Zigarrenspitze verschluckt hat, Schoofs...«

Und dann, eines Morgens beim Aufwachen, war der Himmel blank, von unwahrscheinlicher Reinheit, das Meer glatt, blau, grün, goldgesprenkelt, und Dutzende von Kanus kamen aus der Bucht hervorgeschossen und schaukelten im Wasser.

Als Little Samuel im Pyjama, nur eine Backe rasiert, sein Bullauge öffnete, weil er einen merkwürdigen Lärm hörte, stellte er fest, daß sich der Horizont verändert hatte, daß der Kai mit seinen grünen Bäumen und den roten Dächern der Häuser keine fünfhundert Meter entfernt war und eine Menge kleine Boote die *Sesostris* umrundeten. Er rannte mit seinem Rasierapparat in der Hand an Deck.

»Was tun Sie da, Monsieur Oostings?«

»Ich... ich werde am Kai anlegen... Ich glaubte...«

»Und wenn ich nicht an Land will?«

Der arme Oostings errötete wie ein Backfisch und stotterte:

»Ich muß die Wasservorräte erneuern, und da dachte ich ...«

»Halten Sie das Schiff an!«

»Aber ...«

»Halten Sie sofort das Schiff an!«

Die *Sesostris* warf daraufhin mitten in der Lagune den Anker.

Vor »Donald«, dem großen Kaufhaus, stand eine erstaunte Menschenmenge.

»Was machen die denn?«

Alle waren verwirrt, Donald zuallererst. Er hatte sich inzwischen einen sauberen Anzug angezogen und einen Schlips umgebunden – denn für gewöhnlich versorgte er die Yachten mit Lebensmitteln –, und dann die Eingeborenen, die sich auf so etwas besonders gut verstanden. Donald hatte ihnen eingeschärft: »Das ist ein Millionär. Da müssen wir eine große Schau abziehen ...«

Sie hatten ihre europäische Kleidung abgelegt, sich Pareos angezogen und eine Tiara aufgesetzt, stellten sich ins Heck ihrer Kanus und paddelten unter wildem Geschrei auf die Yacht zu.

Little Samuel hatte sich in sein Schneckenhaus zurückgezogen, sich fertig rasiert und sich den Schaum aus dem Gesicht gewischt. Dann hatte er zum Fernglas gegriffen und sie ins Visier genommen, die Eingeborenen, die Siedler und die Leute vor dem Kaufhaus, ein Haufen Leute, alle wollten ihm was verkaufen oder ihm etwas vortanzen oder weiß Gott was, bis zu diesem

Hafenpolizeiboot, das es so eilig hatte, an der Yacht anzulegen.

Einen Augenblick später wurde an seine Tür geklopft.

»Was wollen Sie, Oostings?«

»Der Kabinettchef läßt fragen, ob der Gouverneur Sie heute abend im Regierungspalast zum Diner erwarten darf.«

»Ich will, daß wir abfahren! Haben Sie verstanden?«

»Wir können nicht fahren, bevor ich Wasser aufgenommen habe.«

»Ja und?«

»Der Tanker kommt nicht vor morgen früh.«

Little Samuel stampfte mit dem Fuß auf und hätte beinahe angefangen zu heulen. Er hätte nicht erklären können, was mit ihm los war. Es war Angst. Sie hatte ihn zum erstenmal ergriffen, als sich das dunkelgraue Zuckerbrot gegen das helle Grau des Himmels abgehoben hatte. Es kam ihm vor, als wollte man ihn festhalten.

Als ob diese wimmelnde Menge es darauf angelegt hatte, ihn daran zu hindern, wieder nach Amerika zu kommen und in San Francisco in einen anständigen Zug nach New York zu steigen.

»Was soll ich ihnen denn antworten?«

»Daß ich krank bin ...«

Um das ganze Schiff herum waren entsetzliche Mißklänge zu hören, und er hatte Angst davor. Die malerischen Erscheinungen der Eingeborenen entgingen ihm allerdings nicht.

»Sie haben sich extra so verkleidet«, sagte er zu

Schoofs, »die anderen auf dem Kai auf ihren Fahrrädern sind ganz normal angezogen...

Wie wär's mit einem Spielchen? Wer übernimmt die Bank?«

Er sah sie beide nacheinander an und fragte sich, ob einer von ihnen es wagen würde, sie zu fordern.

»Ein Glas Milch!« verlangte Oostings ganz selbstverständlich und stützte die Ellbogen auf den Mahagonischanktisch.

Er war wegen der Formalitäten und wegen des Wassers an Land gegangen und hatte die Tür der englischen Bar aufgestoßen, die zwischen einem Fotografen und einem Andenkenverkäufer lag.

»Es gibt hier keine Milch«, seufzte Steve, von dem man zum ersten Mal Milch verlangte.

»Dann geben Sie mir, was Sie wollen...«

Steve goß ihm Whisky ein, und erstaunlicherweise trank Oostings ihn, ohne nachzudenken, und hatte nichts dagegen, daß sein Glas aufs neue gefüllt wurde.

»Sie sind an Bord der *Sesostris*?«

»Ich bin der Kapitän...«

»Werden Sie lange auf Tahiti bleiben?«

»Wir fahren morgen weiter...«

Steve hatte auch eine Menge Sachen anzubieten: Bedarfsartikel, Rückvergütungen für den Kapitän und den leitenden Ingenieur, Lebensmittel, Whisky, Jahrgangschampagner bis zu Gesellschaftsspielen für jedermann, für Oostings und für die Mannschaft. Er war blaß und trübsinnig, alterlos, ausgehöhlt von einer unheilbaren Krankheit.

»Er ist ein komischer Kauz, nicht wahr?«

»Er hat so seine eigenen Ideen«, antwortete Oostings gleichmütig.

»Schönes Schiff...«

»Ich meine, es ist das schönste. Es ist die einzige Yacht auf der Welt, die einen Magnetkompaß hat. Vor sechs Monaten wurde ich nach Europa geschickt, um mir die neuesten Modelle anzusehen. Ich hätte nur ein Wort zu sagen brauchen...«

»Sind Sie viel unterwegs?«

»Das ist unsere erste Kreuzfahrt... Wir sind vom Hudson durch den Panama-Kanal gekommen. Der Chef wollte die ganze Tour nicht mitmachen, wir haben ihn in San Francisco an Bord genommen.«

»Frauen an Bord?«

»Nur drei kleine alte Männer.«

»Was treiben die Männer denn?«

»Sie spielen Karten.«

Steve klappte verständnisinnig mit den Augenlidern und goß Oostings noch ein Glas Whisky ein.

»Also, nichts zu machen«, seufzte er.

»Nichts zu machen...«

Im Rauchsalon der *Sesostris* tunkte Little Samuel einen sauren Hering in ein Senfglas und grinste:

»Sie wollen, daß ich beim Gouverneur diniere. Sie hätten ein Fest gegeben, jawoll! Mit Tanz, wette ich! Und Frauen, jawoll!«

Nachdem er den Hering verzehrt hatte, nahm er das Fernglas, lehnte sich aus dem Bullauge und betrachtete die Gegend: den Kai, Donalds Kaufhaus mit der hübschen Fassade und den drei Schaufenstern, das Aushängeschild des Fotografen, die englische Bar. Dann entdeckte er die Post, einen Betonbau, eine winzige weiße Kirche mit rotem Dach und dahinter, von Bäumen verdeckt, ein Gebäude, das der Gouverneurspalast sein mußte, denn dort flatterte eine Fahne.

Sein Fernglas blieb an einem Fenster hängen. Aus diesem Fenster lehnte ein grauhaariger Mann und hielt genau wie Samuel ein Fernglas vor die Augen.

Es war eigenartig, wie sich beide Männer musterten. Der andere mußte der Gouverneur sein, und er fragte sich wahrscheinlich, weshalb der Millionär seine Einladung nicht angenommen hatte. Seine Frau war sicher verärgert, hatte schon Vorbereitungen getroffen. Außerdem hatte die Yacht nicht an einer vorschriftsmäßigen Stelle geankert, sie war mitten in der Bucht geblieben, als habe sie Angst, man könne sie am Abfahren hindern.

Little Samuel kam es vor, als lächle der Gouverneur einladend, und da konnte er nicht anders, er streckte ihm die Zunge heraus, schloß das Bullauge und stellte das Thermometer auf Null.

»Erzähl die Geschichte von der Troika, Schoofs ... Mit dem sprechenden Pferd und dem Kutscher, der ...«

Die Matrosen auf der Brücke waren nach Größe, Kraft und Ausdauer ausgesucht worden. Helmut war mit seinen dreiundzwanzig Jahren der größte und stärkste. Er hatte den Teint eines Säuglings und aufrichtige blaue Augen. Hatte ihm nicht ein Kumpel vor zwei Jahren, als er noch in der Kriegsmarine diente, in einem kleinen venezolanischen Hafen, wo sie beide betrunken waren, gesagt:

»Wenn du einmal nach Tahiti kommst, Kleiner, frag nach Taitou.

Wer Liebe nicht mit Taitou gemacht hat, weiß nicht, was Liebe ist.«

Helmut durfte nicht an Land. Oostings hatte nur zwei Leute mitgenommen, die das Beiboot bewachen sollten.

Er lehnte an der Reling und beobachtete die Kanus, die sich näherten. In einigen saßen hübsche Mädchen.

»Taitou?« rief er und wandte sich um aus Angst, Little Samuel könnte irgendwo auftauchen.

Man verstand ihn nicht sofort. Ein Tahitier, der kühner war als die anderen und alle Sprachen sprach, wagte es, sich am Fallreep festzuhalten.

»Kennst du Taitou?«

»Ich möchte sie kennenlernen ...«

»Das ist ganz einfach, du brauchst nur an Land zu kommen ...

Ich bring dich hin ...«

»Ich darf nicht an Land ...«

»Willst du, daß ich sie dir aufs Schiff bringe?«

»Das ist zu gefährlich. Ist sie ein schönes Mädchen?«

Der Eingeborene antwortete mit einer vielsagenden Geste, und weil sich das Beiboot näherte, verschwand Helmut schnell.

Oostings wäre beinahe gefallen, als er an Bord sprang. Es war nicht seine Schuld, daß es in der englischen Bar keine Milch gab. Er hatte sich vorgenommen, mit dem Chef zu sprechen. Er klopfte also an die Tür des Rauchsalons, öffnete sie halb und nahm in dem Rauch den rötlichen Bart und die Zahnstümpfe von Slatkovitch und den kahlen Schädel von Schoofs wahr, der gerade eine Geschichte erzählte, über die Little Samuel sich ausschüttete vor Lachen.

»Laß uns in Ruhe! ... Laß uns in Ruhe! ...« schrie Little Samuel und bog sich vor Lachen.

Und dann im Dialekt:

»Weiter Schoofs ... Also das Pferd sagte ... Mach das Pferd nach ...«

Sie tranken viel Champagner an diesem Abend, während die Einwohner von Tahiti, die Licht im Bullauge sahen, sich fragten, was der Millionär an Bord machte.

Little Samuel ließ die leeren Flaschen für gewöhnlich herumliegen, aber wenn er sich langweilte, öffnete er das Bullauge und warf eine nach der anderen ins Meer.

Er fühlte sich angenehm müde und äußerte großspurig, während er die Karten einsammelte und ein Kunststück versuchte, das ihm nie gelang:

»Wenn man den Pazifik austrocknen würde, könnte man durch die Flaschen auf dem Grund unsere Reiseroute verfolgen.«

Dann plötzlich angstvoll:

»Bin ich froh, wenn ich wieder zu Hause bin!«

Der nächste Morgen war noch strahlender, noch blanker, noch perlmuttschimmernder als der Tag zuvor. Der Tanker hatte an der *Sesostris* festgemacht. Die Pumpe arbeitete. Little Samuel machte mit seinem Fernglas die Runde durch die Landschaft, hielt an einem Kap an, das mit Kokospalmen bepflanzt war, runzelte die Stirn und erriet erst nach und nach, was da geschah.

Vielleicht hundert, vielleicht auch mehr Eingeborene liefen im Wasser, das kaum tiefer als die Lagune war, im Kreis und schoben etwas wie geflochtene Gitter vor sich her.

»Schoofs, ich glaube, sie fischen!« rief er. Seit seiner Kindheit hatte er immer gern beim Fischen zugesehen. »Ich möchte mir das ansehen...«

Er spang an Deck und befahl Oostings, ihn zum Kap zu fahren, an dem die Eingeborenen fischten. Oostings sah sich um und entdeckte Helmut.

»Nimm zwei Leute mit und fahr den Chef...«

Es war nicht zu übersehen, daß Little Samuel einen Augenblick zögerte, als er den Fuß ins Beiboot setzte. Er hatte plötzlich trotz der Tiefe den Meeresgrund entdeckt, und dieser Meeresgrund war eine Welt für sich mit violetten und bläulichen Korallen, rötlichen Fischen, anderen, die in allen Regenbogenfarben schillerten, und kleinen Bäumchen, deren Blätter im Rhythmus der Brise zu schaukeln schienen.

Er stieg aber dennoch ein, denn Helmut hielt ihn mit seiner kräftigen Hand fest. Das Beiboot glitt mit sanftem Brummen davon und stoppte in der Nähe der Eingeborenen, die den Kreis enger und enger schlossen und die Fische auf diese Weise in den immer kleiner werdenden Raum ihrer Gitter drängten.

»Was glaubst du, welche Fische sie fangen?« fragte er Schoofs, mehr um etwas zu sagen, als weil es ihn interessierte.

Er stand auf. Die Eingeborenen lachten. Eine Frau

war fast nackt, und ihre nassen Brüste glänzten in der Sonne.

Er wollte die Fische von oben sehen, hatte aber auch etwas Angst vor diesem Gewimmel, in das er hineingeraten war.

Helmut dachte beim Anblick der Brüste der Frau an Taitou, die er wahrscheinlich nie kennenlernen würde, denn um zwölf Uhr sollte der Anker gelichtet werden, und er fühlte seine Lippen feucht werden.

»Hast du gesehen, Schoofs?«

Helmut sah auch etwas, aber es war nicht dasselbe wie Samuel. Auf dem blank gescheuerten Deck des Beiboots lag eine kleine graue Masse, die wie eine Wasserschnecke aussah. Der Fuß des Chefs näherte sich ihr. Wenn er noch einen Schritt täte... Helmut wartete gespannt. Er hatte keine Gewissensbisse. Er sah, daß das Wasser keinen Meter tief war, vielleicht nicht einmal fünfzig Zentimeter.

»Schoofs, glaubst du, daß sich diese Fische zum Räuchern eignen?«

Der Fuß trat vor, setzte sich auf das klebrige Tier, und Little Samuel fiel nach rückwärts wie jemand, der auf einer Bananenschale ausrutscht und sich der Länge lang auf die Straße legt, stieß mit seinem Rücken an den Rand des Beiboots, versuchte sich aufzurappeln und fiel in die Korallen, die den Meeresgrund zierten.

Man fischte ihn heraus, alles lachte, doch er machte ein wütendes Gesicht. Als man ihn an Land bringen wollte, brüllte er mit vor Schmerz verzerrtem Mund:

»An Bord!... Ich will aufs Schiff... Ich will nach Hause!«

Es gab keinen Arzt an Bord. Sein Bein blutete. Die Hose war zerrissen. Ein dickbäuchiger Eingeborener massierte das Bein und schüttelte mit schiefem Gesicht den Kopf.

»Ich habe gesagt, ich will wieder aufs Schiff!«

An Bord verhandelte er mit zwei Ärzten, die gekommen waren.

»Ich will sofort nach Amerika zurück. Ich werde denjenigen von euch beiden, der mitkommt, gut bezahlen... Schoofs!... Hör doch... Auf keinen Fall will ich...«

Aber er hatte schon nichts mehr zu wollen. Das Bein schwoll an und wurde schwarz. Das Schienbein war gebrochen, das Kniegelenk gerissen. Doktor Patin gab zu bedenken, daß das Wasser in der Lagune restlos verfault war und jede noch so kleine Wunde vergiften würde.

Der Gouverneur selbst bemühte sich an den Kai, als man Little Samuel an Land brachte und auf eine Bahre legte.

»Ich will nicht auf Tahiti bleiben... Haben Sie gehört!... Ich will nicht...«

Und die beiden Chirurgen stritten sich immer weiter. Patin ergatterte ihn am Ende und schloß die Tür seiner Klinik hinter sich wie hinter einer kostbaren Beute.

»Mademoiselle Jeanne, Sie werden die ganze Nacht bei ihm wachen... wenn die Temperatur steigt...«

Er mußte diese Geschichte im Klub erzählen.

Helmut dagegen folgte einem Eingeborenen, der ihm ein Zeichen gemacht hatte, durch dunkle Straßen.

»Hier entlang... Hab keine Angst...«

»Taitou?«

»Taitou, ja...«

Und er kniff ein Auge zusammen, als sie an einer Laterne vorbeigingen.

Man stritt sich darüber, ob es nötig sei, das Bein zu amputieren. Man amputierte es, als es schon Zeit war, den Schenkel zu amputieren. Und am nächsten Tag war Little Samuel tot. Seine Yacht schaukelte noch immer mitten auf der Lagune.

»Weiß einer von Ihnen über seine Familienverhältnisse Bescheid?« erkundigte sich der Gouverneur bei Slatkovitch und Schoofs. »Ist er verheiratet? Hat er Kinder?«

Die beiden Männer schüttelten den Kopf.

»Auf jeden Fall werden wir ihn in einen Bleisarg legen, denn seine Familie wird sicherlich den Leichnam anfordern.«

Man hatte nach New York telegrafiert. Die Geschäftsfreunde des Verstorbenen antworteten: *Bitte warten. Veranlassen das Nötige.* Und als ein Schiff nach San Francisco abging, ließen sich Slatkovitch und Schoofs mitnehmen.

Das Hafenamt hatte die Yacht im Hintergrund der Bucht vor Anker gehen lassen, weil sie die Schiffahrt behinderte. Oostings saß einige Tage still und in sich versunken in der englischen Bar. »Ich möchte wirklich gern wissen, was ich mit der Yacht anfangen soll«, seufzte er.

Und Steve schüttelte den Kopf, hielt die Flasche schief und fragte:

»Geht es Ihnen denn hier nicht gut?«

»Ich habe nur leider kein Geld, sie zu bezahlen.«

Einen Monat später entschloß er sich, ein paar Einrichtungsgegenstände mehr oder weniger heimlich zu verkaufen, Kühlapparate, Ventilatoren und dann, einen Monat später, ganze Maschinenteile.

Die Geschäftsfreunde hatten geschrieben, daß die Erbschaftsfrage von Little Samuel sehr schwierig zu klären sei und daß über das Schicksal der Yacht erst sehr viel später entschieden würde.

Man benutzte sie, um nachts fern von Gesetz und Polizei wilde Feste darauf zu feiern. Aber es heißt, daß sich nie jemand der Kabine genähert hat, in der der Bleisarg stand.

Man hatte nach Europa geschrieben und mindestens zehn Vettern – alles Deutsche – entdeckt, die sich von allen Seiten Geld geliehen hatten, um in New York ihre Ansprüche geltend zu machen, obwohl sie vorher nie etwas von der *Sesostris* gehört hatten.

Oostings reiste als erster ab, weil seine Frau in Long Island ein Kind bekam, danach die anderen in kleinen Gruppen, je nachdem, wie die Schiffe einliefen. Und die Eingeborenen wie die Weißen machten es sich zur Gewohnheit, sich von der Yacht zu holen, was sie brauchten.

Das Wasser, das man am letzten Tag übernommen hatte, und die Hafengebühren waren nicht bezahlt, und erst ein Jahr später meldete ein Telegramm: *Sesostris bitte verkaufen. Brief folgt.*

Nur hätte sich ein Käufer finden müssen. Und die Yacht hätte noch aus eigener Kraft schiffbar sein müssen. Man konnte sie den ganzen Tag noch immer weiß, noch immer strahlend, links in der Bucht liegen sehen, und die Kinder kletterten an Bord, um von ganz oben ins Wasser zu springen.

Ich nehme an, sie ist noch immer zu sehen, und es gibt keinen Grund, weshalb der Bleisarg nicht mehr an seinem Platz stehen sollte. Denn der Prozeß zwischen den Erben ist noch lange nicht zu Ende, und alle haben sich hoch verschuldet, um ihn führen zu können.

Helmut hatte inzwischen festgestellt, daß seine Taitou gar nicht die Taitou seines Freundes war, und davon gesprochen, abzureisen. Aber dann ist er nicht abgereist, und zu guter Letzt ist er Barmixer in der englischen Bar geworden.

Doktor Patin ist – weiß Gott wie – Besitzer des Beibootes der *Sesotris* geworden, aber er beklagt sich, es schlucke zu viel Benzin.

1939

Die beiden Alten in Cherbourg

Der Wecker klingelte, und der Mann schnappte ihn sich, ohne die Augen zu öffnen, ohne Licht zu machen, mit schnellem Griff, stopfte ihn eilig unter den Berg seiner Decken und Wolldecken, preßte ihn in der Wärme an sich und erstickte das hartnäckige Klingeln.

Danach herrschte wieder Stille in dem farblosen Ziegelhaus. Ein paarmal drehte sich jemand hinter einer Tür im Bett um oder seufzte tief.

Zehn Minuten, nachdem er den Wecker abgestellt hatte, seufzte der alte Nachtwächter ebenfalls, stieß langsam den Haufen von mehreren Zudecken zurück, unter die er gekrochen war, um auf der Couch in der Halle zu übernachten. Der Mann hinkte. Er schleppte sich auf seinen dicken Beinen zur Küche und strich den Kaffeekocher mit einem Streichholz an. Dann stieg er in die vierte Etage und klopfte an eine Tür. Der Chef stand auf, die Chefin, die an Schlaflosigkeit litt, ebenfalls. Eins der Hausmädchen hatte sich in seiner Mansarde schon das schwarze Kleid angezogen und die weiße Schürze umgebunden.

Die Halle war kalt und feucht. Sie roch nach Meer und Fisch. Überall hinterließ das Wasser seine Spuren. Vor den gelben Wänden aus Marmorimitation (Stuckmarmor, der wie Nougat aussah) standen Handkoffer, Reisekoffer, Körbe und andere Gepäckstücke in jeder

Größe mit Etiketten in allen Sprachen. Das Hausmädchen lief in den Korridoren von Tür zu Tür und suchte nach den mit Kreide geschriebenen Aufschriften *Majestic*. Richtig! Sie klopfte. Innen wurde geschimpft, in Englisch oder Deutsch oder Polnisch. Sie wußte es nicht genau. *Majestic*!

»Es ist Zeit, meine Herrschaften...«

Auf einigen Türen stand nichts, andere trugen die Namen von Schiffen, die an diesem Tag nicht einlaufen würden.

Es war Winter und noch dunkel. Am Überseekai hatten die Streckenarbeiter das Wagenwaschen des Atlantikzuges beendet. Dann tauchte auf einmal ganz hinten zwischen den kleinen Lampen der Lotsenboote eine Anzahl strahlender Lichter auf, und die *Majestic* kündigte sich durch langanhaltendes Sirenengeheul an.

Im ›Hôtel des Deux-Continents‹ machte sie sich drei- bis viermal in der Woche auf diese Weise bemerkbar. Hinter den Vorhängen wurde es hell. Klingeln riefen nach dem Hausmädchen. Ein verschlafenes Ladenmädchen brachte einen Korb mit Brot und warmen Croissants.

Die aufgescheuchten Reisenden stiegen einer nach dem anderen mit vor Kälte ganz klammen Händen die Treppe hinunter. Immer wieder öffnete jemand die Tür, um einen Blick auf das Schiff zu erhaschen. Die Rechnungen lagen an der Kasse bereit. Im Speisesaal, wo nach altem Brauch nur zwei Lampen brannten, wartete das Frühstück auf den ewig feuchten Tischtüchern.

Der Engländer aus Nummer 1... Der Amerikaner

aus der 6 ... Die Ungarin aus der 17 ... Sie machte sich bereits Sorgen um ihr Gepäck.

Endlich kamen auch die beiden Alten herunter, er mager, sie klein und dick. Beide hatten dunkle, trübe Augen. Sie aßen schweigend und traten dann hinaus in den Nieselregen. Sie wandten sich an der endlosen Hafenstraße vorbei dem Hafenbahnhof zu.

Zwei Stunden lang herrschte Hochbetrieb. Es wurde langsam Tag. Ankommende Reisende lösten die abreisenden ab, und neues Gepäck verstopfte die Halle aus Stuckmarmor.

»Er ist wohl noch nicht mitgekommen«, sagte die Chefin eben, die von ihrer Kasse aus den Hafen durch die Glastür im Blickfeld behielt.

Die beiden Alten kamen humpelnd und mit noch traurigeren Augen zurück. Sie betraten die Hotelhalle und wußten weder, was sie mit sich anfangen, noch wo sie bleiben sollten.

Die Chefin ging zu ihrem Mann in die Küche. Sie sprachen lange miteinander. Dann riefen sie Yarko, einen Jugoslawen, der den Abwasch machte. Er zog ein Jackett und einen Mantel über seine weiße Leinenjacke, behielt das Tuch um, das er sich um den Hals geknotet hatte.

In der Hotelhalle fingen sie wieder an zu schreien und zu gestikulieren, die beiden Alten auf der einen Seite und Yarko auf der anderen. Yarko schrie am lautesten und versuchte vergeblich, sich verständlich zu machen.

Seit drei Wochen ging das nun so. Fünf Schiffe aus Amerika waren bereits angekommen und wieder abgefahren, und jedesmal waren die beiden Alten an Bord gegangen, und jedesmal waren sie wieder ins Hotel zurückgekommen und hatten durch Zeichen zu verstehen gegeben, daß ihr Sohn nicht mitgekommen sei.

Handelte es sich wirklich um ihren Sohn? Man wußte es nicht genau. Aber verstand Yarko denn überhaupt ein Wort von dem, was sie sagten?

Die Anwesenheit dieser Leute hatte etwas Beunruhigendes an sich. Sie waren eines Tages mit dem Zug eingetroffen – dritter Klasse, hatte der Träger gesagt –, und sie hatten mehr Gepäck als zehn Reisende zusammen, unwahrscheinlich armseliges Gepäck, riesige Bündel, uralte Koffer aus Ziegenleder, sie hatten sogar einen Schinken mit, den sie in ihrem Zimmer aufgehängt hatten. Man hatte vergeblich versucht, ihre Sprache zu verstehen, auch ihre abgegriffenen Pässe konnte man nicht entziffern. Schließlich hatte man angenommen, daß sie aus Albanien stammten.

»Vielleicht kann Yarko sie verstehen, der stammt von dort.«

Doch nein! Alles, was Yarko sagen konnte – und man merkte, daß er das meiste erriet –, war, daß sie jemanden aus New York mit der *Ile-de-France* erwarteten. Aber an Bord war niemand für sie gewesen.

Sie warteten noch auf einen italienischen Passagierdampfer, dann noch auf einen deutschen. Die Frau verbrachte ihre Tage im besten Sessel des Salons. Der Mann rauchte einen fremdartigen Tabak aus einer langen, geschnitzten Pfeife. Er war ganz hager, ganz runzlig und machte den Eindruck, als trüge er zum ersten Mal einen europäischen Anzug.

»Nehmen Sie ihr Schreiben mit, Yarko, und gehen Sie erst mal auf das Polizeirevier...«

Und an einem Morgen mit Nieselregen und Hochwasser, während alle Ladebäume der *Majestic* in Betrieb waren, schleppte Yarko, sein Küchentuch um den Hals, die beiden Alten, die nicht wußten, wohin man sie führte, durch die Straßen von Cherbourg.

Der Polizeikommissar versuchte es in mehreren Sprachen, blätterte zehn Minuten in dem Paß herum und verstand nichts.

»Die Chefin meint, wenn sie im Hotel bleiben wollen, müßten sie ihr Geld vorzeigen.«

Na klar! Wir wollen doch mal sehen! Der Kommissar öffnete seine Brieftasche, zog ein paar Geldscheine heraus und hielt sie den Alten unter die Nase. Die Alten sahen sie an, rührten sich nicht.

»Sie verstehen wohl, daß man bei solchen Leuten mißtrauisch wird. Das geht nun schon seit drei Wochen so.«

Der Polizist legte ein paar Münzen vor sie hin. Der Alte zog ebenfalls einige aus seiner Tasche, fremde Münzen, die natürlich in Frankreich wertlos waren.

»Hören Sie! Es gibt zwar kein albanisches Konsulat in Cherbourg, aber vielleicht können Ihnen die Reeder weiterhelfen, einer, der schon dort unten war und der ihre Sprache spricht.«

Sie liefen von Büro zu Büro. Und dann stießen sie in einem kleinen Haus in der Vorstadt auf den Kapitän Reille, einen Rentner, von dem es hieß, er kenne alle Sprachen des Balkans. Leider hatte er sich am Abend vorher betrunken und war noch nicht wieder nüchtern.

Er verwechselte die Dialekte, versuchte es zwei-, dreimal ohne Erfolg.

Der Alte war ganz gehorsam und geduldig. Er protestierte nicht. Er beobachtete die Mundbewegung der anderen. Seine Frau blickte sie aus großen runden Augen an. Man hätte sie bis ans Ende der Welt schicken können, sie hätten es sich gefallen lassen.

Dann sagte der Kapitän, vielleicht ganz zufällig, ein paar Worte, bei denen sie die Ohren spitzten, und auf einmal begannen alle beide gleichzeitig mit großer Schnelligkeit zu reden.

»Was haben sie gesagt?«

»Moment... Seien Sie still...«

Sie redeten zu schnell. Der Kapitän hatte Kopfschmerzen, goß sich zu trinken ein und bot auch dem Alten an. Der schluckte den Calvados wie Wasser und redete und redete.

»Was sagt er denn?«

»Warten Sie doch, zum Donnerwetter!«

Der Alte öffnete eine altmodische Brieftasche mit Kupferecken und zog ein Papier heraus. Der Kapitän musterte es respektvoll.

»Was ist das?«

»Sagen Sie bloß! Die Leute sind sehr reich...«

»Das würde mich wundern...«

»Wissen Sie, wieviel dieser Scheck wert ist? Zehntausend Dollar!

Der Alte sagt, er möchte ihn gern eintauschen, um das Hotel zu bezahlen...«

»Könnten Sie nicht mit uns zur Bank kommen? Ich bin sicher, der Chef wäre Ihnen sehr dankbar...«

Der Kapitän ließ sie im Salon zurück und ging in sein Schlafzimmer. Durch die geöffnete Tür konnten die drei sehen, wie er sich wusch, seinen besten Anzug anzog, gurgelte und sich mit einem nassen Kamm durch die Haare fuhr. Das Paar wartete gehorsam, sie in einem Sessel, er auf dem Klavierhocker.

Dann gingen sie los.

»Wir hätten ein Taxi nehmen sollen...«

Denn es regnete stark und war kalt. An jeder Straßenecke platschte ihnen der Wind Wasser über den ganzen Körper, Salzwasser, das er sich vom Meer geholt haben mußte.

Danach: Die feierliche Halle in einer Bank, die Tische aus Mahagoni, der junge verwunderte Angestellte, der mit dem Scheck in der Hand zum Glaskasten seines Direktors lief.

»Zehntausend Dollar, verdammt!« staunte Yarko begeistert. »Was haben Sie Ihnen denn die ganze Zeit erzählt? Im Hotel hielt man sie für Emigranten, bei denen die Papiere nicht in Ordnung sind. Es gibt so viele davon, ganz unterschiedliche, darunter ganz große Gauner...«

»Ihr Sohn hat ihnen das Geld zusammen mit einem Brief geschickt. Er ist seit Jahren in Amerika, und sie hatten bis jetzt nie etwas von ihm gehört...«

Der Angestellte kam zurück.

»Wenn Sie bitte dahinten auf der Bank Platz nehmen möchten... Es dauert noch ein paar Minuten.«

Sie nahmen Platz. Der Alte setzte seine Patriarchenpfeife in Gang und umfaßte den Pfeifenkopf mit seinen trockenen, knotigen Greisenhänden. Die Frau bewegte unaufhörlich ihre Lippen. Brachte sie ihre Tage damit zu, ganz leise irgendwelche Gebete zu murmeln?

»Ich habe Durst«, verkündete der Kapitän, »ich komme gleich wieder.«

Die beiden Alten hatten den Brief hundertmal gelesen. Er befand sich in der Brieftasche mit den Kupferecken und war an den Falten schon eingerissen.

Ihr lieben Alten,

Ich nehme an, Ihr seid alle beide noch am Leben und glaube, daß es Euch bald sehr gut gehen wird. Ich habe von jemandem aus unserem Dorf, der vor sechs Monaten in New York angekommen ist, von Euch gehört.

Das Leben hier ist sehr angenehm. Ihr müßt hierherkommen. In diesem Brief ist ein Scheck über zehntausend Dollar. Ihr könnt ihn auf der Bank einlösen und französisches Geld dafür verlangen. Dann nehmt Ihr den Zug nach Triest und von dort nach Paris. Habt keine Angst! Die Beamten werden Euch alles erklären, wie man Fahrscheine kauft und alles.

Von Paris fahrt Ihr nach Cherbourg. Ich werde wahrscheinlich am vierzehnten Februar mit der Ile-de-France *dort ankommen. Wenn nicht, dann mit einem der nächsten Schiffe. Ihr braucht Euch nur in dem Hotel, in dem Ihr wohnt, nach den Überseedampfern zu erkundigen.*

Nehmt nicht soviel Gepäck mit, ich bin reich genug und kann Euch alles kaufen, was Ihr braucht. Ihr solltet Euch aber in der Stadt neu einkleiden, bevor Ihr abreist.

Ich werde nur einige Tage, vielleicht nur einige Stunden in Europa bleiben und Euch dann mitnehmen. Ich habe Euch ein hübsches Haus in den Bergen gekauft, wo Ihr Euch bald heimisch fühlen werdet.

Ich umarme Euch in Erwartung

Euer Sohn

Der Vater hatte zwei Tage auf seinem Maultier zugebracht, um nach Tirana zu gelangen, und dort, auf einer Bank wie dieser hier, hatte man ihn stundenlang warten lassen. Sein Scheck ging von Hand zu Hand. Zu guter Letzt hatten sie ihm gesagt, daß sie ihn nicht einlösen könnten, bevor sie nach New York geschrieben hätten, und das würde mindestens einen Monat dauern.

Der Alte verstand es nicht. Er wedelte mit dem Brief des Sohnes. Wenn der Sohn versicherte, daß man ihm für dieses Papier Geld geben würde...

»Geben Sie mir doch wenigstens etwas... Wieviel braucht man, um nach Cherbourg zu fahren?«

Aber nein! Die Bankangestellten waren anderer Meinung als er. Und so hatte er sein Maultier, seine Ziegen und das Haus verkauft.

Ein Alptraum hatte begonnen. Sie waren in den Zug gestiegen, waren die ganze Nacht gefahren. Sie mußten auf einem eisigen Bahnhof aussteigen. Draußen lag Schnee, fast ein Meter hoch. Sie setzten sich gehorsam in den Wartesaal, folgten den Angestellten in Uniform von Schalter zu Schalter, und überall mußten sie etwas bezahlen: Geben Sie soundso viel und noch einmal so viel. Sie wußten nicht, warum. Einmal für den Zug, einmal für das Visum, einmal, weil sie zu weit gefahren waren und zu einem anderen Bahnhof zurück mußten.

Ihre größte Sorge war, sie könnten ihr Gepäck verlieren, und sie waren entrüstet, als man sie zwang, sich davon zu trennen, um es mit einem Haufen anderer Gepäckstücke in einen Wagen zu verladen, zu dem sie keinen Zutritt hatten.

Und niemand verstand sie mehr. Sie redeten und redeten, und die Leute antworteten in einer fremden Sprache. Der Alte zeigte seinen Brief, seinen Scheck und schrie:

»Cherbourg!«, dann »Amerika!«

Und jedesmal wurde Geld verlangt. Er hatte schon fast keins mehr in seiner Brieftasche mit den Kupferekken. Wo sollten sie außerdem schlafen? Sie kauerten sich unter einem Ziegenfell in eine Ecke des Bahnhofs. Der Alte wärmte hin und wieder die Hände seiner Frau. Er strich mißtrauisch um die Buffets und fragte sich, wieviel man wohl für die Lebensmittel, die er dort sah, von ihm verlangen würde.

Und in Cherbourg wurden sie auf einmal nicht mehr gefragt, wohin sie wollten. Ein Träger hatte sich gewaltsam ihres Gepäcks bemächtigt und es auf einen Handkarren geladen. Sie waren ihm durch die Nacht gefolgt und waren in ein Hotel gelangt. Man hatte ihnen die Pässe abgenommen.

»Ile-de-France?«

Endlich Leute, die sie verstanden! Ja, *Ile-de-France!* Das war genau das, was in dem Brief von dem Jungen gestanden hatte!

»Gib ihnen die acht, Émilie ...«

Anstatt ihnen die Pässe zurückzugeben, hatte man sie in dem verglasten Käfig der Chefin auf einen Haufen von anderen Pässen gelegt. Émilie hatte ihnen das Bett aufgeschlagen.

»Haben Sie schon Abendbrot gegessen?«

Sie verstanden es nicht. Sie machte Kaubewegungen. Sie folgten ihr, und sie bekamen das Abendessen mit einer ganzen Flasche Wein auf einem Tischtuch serviert.

Schließlich, als es noch nicht ganz Tag war, wurde an ihre Tür geklopft. Aus Angst, ihren Sohn zu verpassen, hatten die Alten in ihren Kleidern geschlafen.

Sie folgten einem anderen Träger, der ihr mit Anhängern versehenes Gepäck zum Hafen brachte.

»Welche Kabinennummer?«

Das war nun noch schwieriger als die Züge und die Bahnhöfe. Überall wurde geschrieen und gerempelt. Es wurden sogar Autos über ihnen an dicken Seilen durch die Luft gezogen.

»Ihre Fahrkarte...«

Der Alte zeigte den Brief des Sohns. Den wollten Sie nicht? Er zog den Scheck heraus. Den auch nicht? Er rief einen Namen.

»Fulchi... Jani Fulchi...«

Er versuchte, die Passagiere zu erspähen, die auf dem Landesteg an ihnen vorbeigingen.

»Bringen Sie das Gepäck wieder runter!« befahl schließlich der Zahlmeister. »Das ist nicht für uns. Ich weiß nicht genau, was sie wollen, aber es sieht eher aus, als erwarteten sie jemanden, der nicht gekommen ist.«

Um sein Gewissen zu beruhigen, suchte er den Namen Fulchi auf der Passagierliste, fand ihn aber nicht. Eine Stunde später kehrte das alte Paar mit leeren Augen wie Schlafwandler ins ›Hôtel des Deux-Continents‹ zurück.

»Was soll denn das bedeuten, Pierre?«

»Ich weiß nicht. Sie sind nicht abgefahren. Es sieht so aus, als erwarteten sie jemanden.«

Drei Wochen ging das schon so.

Hunderte von Reisenden waren angekommen. Jedesmal wurden die Alten bei dieser Gelegenheit geweckt. Wer weiß? Vielleicht reisten sie zu guter Letzt doch noch ab. Aber man brachte ihnen das Gepäck nicht mehr herunter.

»Hast du ihnen die Wochenrechnung gegeben?«

»Ja...«

»Haben sie bezahlt?«

»Nein. Sie haben sie verständnislos angesehen, erst er, dann sie. Dann haben sie in ihrer Sprache miteinander gesprochen, und der Alte hat den Zettel in seine Brieftasche gesteckt...«

Wie ein Andenken oder wie einen Talisman. Jeder dieser Zettel schien für sie ein Talisman zu sein genau wie der Brief und der bewußte Scheck.

»He! Ihr dahinten...«

Der Angestellte rief sie, aber der Kapitän im Ruhestand war noch nicht wiedergekommen. Yarko mußte ihn aus einem Bistro in der Nähe holen, wo er gerade eine Geschichte von tausend und abertausend Dollars erzählte:

»Leute, denen man auf der Straße zehn Sous geben würde, verstehen Sie? Und ohne mich...«

Er schwankte ein bißchen, als er sich dem Mahagonischreibtisch näherte.

»Der Direktor möchte Sie sprechen. Sie kennen diese Leute?«

»Ich habe sie noch nie vorher gesehen.«

Der Direktor kam auf sie zu, wie aus dem Ei gepellt, gepflegte Hände, kostbare Manschettenknöpfe.

»Würden Sie ihnen sagen, daß es uns nicht möglich ist, diesen Scheck auszuzahlen. Er muß in New York ausgestellt worden sein.«

»Ist er nicht gut?«

»Ich sage nicht, daß er nicht gut ist, aber es fehlt eine Kleinigkeit, zweifellos ein Versehen. Es müßte hier ein Vermerk stehen...«

Der Alte zog den Kapitän am Ärmel, ganz ängstlich, unterwürfig. Er schien bereits verstanden zu haben.

»Ihr Scheck ist nicht gut«, übersetzte der Seemann. Der Alte sagte etwas. Der Direktor fragte:

»Was sagt er?«

»Er fragt, ob sie ihn nicht doch für ein bißchen Geld annehmen würden. Er behauptet, im Hotel würden sie ihn schon schief ansehen... Sein Sohn kommt mit dem nächsten Dampfer. Er scheint sehr reich zu sein.«

»Sagen Sie ihm, daß man auf Schecks keinen Vorschuß geben kann. Entweder man bezahlt damit, oder man bezahlt nicht, und in diesem Fall...«

Eine Viertelstunde später trottete Yarko mit seinen beiden Alten wieder durch die Straßen. Die beiden hätten sich niemals allein in der Stadt zurechtgefunden und zuckten bei jeder vorüberfahrenden Straßenbahn zusammen.

Die Chefin kam aus ihrem verglasten Kassenraum.

»Na und?«

»Ihr Sohn hat ihnen einen Scheck von zehntausend Dollar geschickt, aber der scheint nicht in Ordnung zu sein. Jedenfalls hat ihn die Bank nicht angenommen. Es sieht so aus, als könnten sie ihn nur in New York einlösen.«

»Was sagen sie dazu?«

»Sie behaupten, ihr Sohn würde bald ankommen und er soll sehr reich sein.«

Die beiden Alten blieben in der Halle stehen und beobachteten die vielen Lippen, die sich bewegten, und horchten auf den Wortschwall, der keinen Sinn für sie hatte.

Der Chef und die Chefin besprachen sich leise, während Yarko wieder zu seinem Abwasch ging.

Neue Reisende kamen mit einem Schiff aus Buenos Aires.

»Was sollen wir machen?«

Die beiden Alten schienen zu ahnen, daß sich da etwas gegen sie zusammenbraute. Der Speisesaal stand offen. Es war Mittagszeit, und alles saß zu Tisch, aber sie wagten nicht, ihre Plätze einzunehmen.

Würde man ihnen denn überhaupt noch etwas zu essen geben?

»Wenn wir sie noch bis morgen behielten? Nicht wegen der Einbuße, wir riskieren andererseits alles zu verlieren. Morgen legt die *Paris* an, wenn ihr Sohn da auch nicht mitkommt...« Die Chefin winkte ihnen, sie könnten in den Speisesaal gehen, aber man brachte ihnen nur eine zweitklassige Mahlzeit.

Sie saßen den Nachmittag über in dem Salon, in dem einige Polen Schach spielten. Die Pfeife des Alten verpestete die Luft. Man gab ihm durch Zeichen zu verstehen, daß das Rauchen unerwünscht sei. Er verstand es nicht, denn bis jetzt durfte er rauchen, wann immer er wollte.

Ein Wecker, erstickt unter den Decken des Nachtwächters. Eine Kaffeemaschine. Sirenengeheul in der Nacht und der Transatlantikzug, der unter dem Glasdach des Überseekais aufgeheizt wurde. Das strahlende Gesicht des kleinen Dienstmädchens, das von Tür zu Tür lief:

»Meine Herrschaften, es ist Zeit...«

Kaffee, Croissants, verschlafene, verdöste Menschen, die auf den grauen Regen starrten, in den sie hinaus sollten, Berge von Gepäck, die zum Schiff gerollt wurden, das ein Schlepper zum Kai brachte.

»Um so schlimmer für sie, wenn ihr Sohn diesmal wieder nicht mitkommt... Wenn das mal nicht alles Schwindel ist! Schickt man denn einen Scheck von zehntausend Dollar an solche Bauern?«

An Bord der *Paris* gingen die Stewards von Kabine zu Kabine.

»Cherbourg!... Wir legen an... Bitte alle in den Salon der ersten Klasse zur Paßkontrolle...«

Frühstücksgedecke wurden in den Gängen vorbeigetragen, Türen geöffnet, Männer rasierten sich, Frauen im Morgenrock betraten den Salon der ersten Klasse, um ihren Paß abstempeln zu lassen, bevor sie sich ankleideten. Einige Herren stempelten.

»Darf ich mal Ihren Arm sehen?«

Das waren die Sanitäter. Noch ein Stempel. Fertig zum Aussteigen. Die beiden Alten standen auf dem Kai, der ihnen nun schon vertraut war. Sie versuchten nicht mehr, an Bord zu kommen. Sie hielten sich nahe am Landesteg, der gerade aufgestellt wurde.

Ob denn diesmal ihr Sohn...

In einer Kabine der ersten Klasse war Jani Fulchi mit Rasieren fertig, läutete nach dem Steward, gab ihm ein reichliches Trinkgeld und schloß seine Koffer.

»Sind wir schon angekommen?«

»Die ersten Passagiere gehen an Land, Monsieur...«

Er zog einen teuren Sportmantel über, zündete eine Zigarre an, spuckte das Ende auf den Boden und strich sich mit den Fingern über den kleinen braunen Schnurrbart. Er roch nach Eau de Cologne und Bad. Er trug eine helle Krawatte.

Bevor er seinen Paß abstempeln ließ, warf er voll Neugier einen Blick auf die Brücke. Es gab noch einige Passagiere, die es nicht eilig hatten, von Bord zu kommen. Journalisten und Fotografen liefen hin und her, denn es waren Filmschauspieler an Bord gewesen.

Plötzlich hob er den Arm und stieß einen Freudenschrei aus. Ein zweifacher Schrei antwortete ihm, und der Träger vom ›Hôtel des Deux-Continents‹ traute seinen Augen nicht. Die beiden Alten dort dicht am Landesteg gebärdeten sich wie zwei Verrückte.

Ganz oben, über ihren Köpfen, beugte sich ein Passagier über die Reling. Alle drei lachten. Sie lachten, ohne zu wissen, warum, vor Freude, vor Erleichterung. Der Alte versuchte, sich einen Weg zu bahnen, aber die Zöllner stießen ihn zurück. Er zeigte auf seinen Sohn. »Warten Sie hier! Ohne Erlaubnis darf niemand an Bord... Er wird schon kommen...«

Aber ja! Aber ja! Der Alptraum war zu Ende! Jani war da! Ein erstaunlicher Jani, blasses Gesicht, brauner Bart, großartig gekleidet...

Er lief schnell in den Salon der ersten Klasse, hielt seinen Paß hin.

»Hier bitte nicht rauchen!«

»Oh, Verzeihung!«

Er machte die Zigarre an seiner Schuhsohle aus. Die Inspektoren hinter dem Tisch, auf dem eine grüne Decke lag, wechselten einen Blick.

»Einen Moment, bitte!«

»Wissen Sie, ich bin etwas eilig...«

»Keine Angst... Es wird nicht lange dauern.«

Andere wurden vor ihm abgefertigt. Ein äußerst liebenswürdiger Herr kam auf ihn zu.

»Würden Sie bitte einen Moment mit hier hereinkommen?... Jani Fulchi, nicht wahr?«

Die Bar war leer. Nicht ganz, zwei andere Herren näherten sich ihm. Ein hartes Klicken war zu hören.

»Jani Fulchi, ich verhafte Sie im Namen des Gesetzes.«

Seine Taschen wurden abgetastet.

»Nichts?«

»Nichts.«

»Vorwärts!... Haben Sie einen Wagen mit?«

Die beiden Alten auf dem Kai hielten den Atem an. Jani würde kommen... Jani würde... Jani...

Sie schoben sich hastig an den anderen Neugierigen vorbei.

Jani würde... Er war es... Jani kam... Jani...

Er ging ganz dicht an ihnen vorüber und sah sie mit traurigen Augen an, an seiner Seite gingen zwei Herren.

»Vorwärts... Gehen Sie... Es ist Ihnen verboten, mit irgend jemandem zu sprechen...«

Jani mit Handschellen verschwand in der Menge. Eine Wagentüre klappte zu. Ein Auto fuhr ab...

»War er nicht da?«

»Doch, er ist wohl angekommen...«

»Na und?«

»Ich weiß nicht. Ich hatte mit anderen Passagieren zu tun... Er ist mit zwei Kerlen in ein Auto gestiegen...«

Die beiden Alten kamen zurück, noch wackliger als vorher. Sie wagten weder den Speisesaal noch den Salon zu betreten. Der Alte vergaß, seine Pfeife zu rauchen, und seine Frau hatte rote, geschwollene Augen.

»Was sollen wir jetzt machen?« fragte die Chefin den Chef. »Sollen wir ihr Gepäck auf die Straße stellen?«

»Wenn man sich doch bloß mit ihnen verständigen könnte!... Aber nein! Es ist, als ob sich zwei Wände miteinander unterhalten wollten... Nach dem Essen können wir den Kapitän noch einmal bitten zu dolmetschen und...«

Man ließ sie dort, wo sie sich schließlich hinsetzten, auf dem Bänkchen, auf dem durchgesessenen Bänkchen, auf dem der Nachtwächter gewöhnlich unter einem Haufen Decken schlief. Fremde Menschen gingen an ihnen vorbei, Mädchen brachten dampfende Schüsseln, niemand lud sie ein, in den Speisesaal zu kommen.

Hatten sie überhaupt Hunger? Wußten sie denn noch, wo sie waren?

Irgendwo rief ein Zeitungsjunge: *»Le Phare de Cherbourg... Le Phare de Cherbourg...«*

Eine Nummer der Zeitung lag auf dem Korbtisch nicht weit von dem Bänkchen. Der Alte zögerte eine Weile, bevor er sich näherte, aber dann erhob er sich wie hypnotisiert:

Auf der ersten Seite eine Fotografie. Er starrte darauf... Das war Jani... so wie er am Morgen aus dem Dampfer gestiegen war, mit seinem Sportmantel, seiner hellen Krawatte... Der Alte gestikulierte. Die Chefin rief Yarko.

»Was sagt er?«

Diesmal brauchte der Jugoslawe nicht nur so zu tun, als habe er verstanden. Es war klar. Der Alte versicherte, das sei sein Sohn. Er wollte seinen Sohn sehen... seinen Sohn...

»Ein gelungener Fischzug!«

»Aber sag ihm doch, er soll den Mund halten! Wir verstehen es ja doch nicht.«

Der Alte war nicht zu bremsen. Er redete und redete.

»Die Polizei hat Jani Fulchi bei seiner Ankunft in Cherbourg...«

»Yarko! Um Gotteswillen, er soll still sein! Er schreit ja das ganze Hotel zusammen...«

Tatsächlich horchten die Leute im Speisesaal schon

voller Interesse auf diese Flut von unverständlichen Worten.

»*Einer der gesuchtesten Opiumhändler der Vereinigten Staaten ... Schon seit langer Zeit war die Interpol einem umfangreichen Opiumhandel auf der Spur, der vom Orient quer durch ganz Europa und so auch durch Frankreich in die Vereinigten Staaten führte. Der Leiter dieses Handels, der Albaner Jani Fulchi, der nach amerikanischem Gesetz in Ermangelung eines schlüssigen Beweises nicht festgenommen werden konnte, hat die Unvorsichtigkeit begangen, in Frankreich sein Schiff zu verlassen, wo er ...*«

»Was sollen wir tun?«

»Ich weiß es nicht ... und du?«

»Soll ich das Gepäck auf die Straße stellen?« fragte der Hotelboy.

»Ja ... Tun Sie das ... Wenn allerdings ... Hör mal ...«

»Was?«

»Ich frage mich ... Komm mal hierher ...«

Er vergaß, daß sich der Boy schon mit dem Gepäck der beiden Alten zu schaffen machte.

In der Pförtnerloge flüsterte er:

»Ein Opiumhändler ... Solche Leute ... Ich denke an den Scheck von zehntausend Dollar, der ist bestimmt in Ordnung. Leute in diesem Beruf haben ihre Beschützer ... Es kommt selten vor, daß die nicht wieder entlassen werden ... Und in dem Fall ... Na? ... Was hältst du davon? Was sie uns kosten, spielt doch keine Rolle ...«

»Da hast du vielleicht recht ...«

Sie kamen beide schnell aus der Loge heraus. Der Chef rannte zu dem Boy.

»Was machst du denn?«

»Na, ich dachte...«

Die Hälfte des Gepäcks stand schon im Regen auf der Straße, und die beiden Alten folgten ihren Habseligkeiten traurig und gottergeben.

»Bring das alles wieder zurück... Aber schnell... Trag das Gepäck in die 12... Es ist nicht nötig, daß es den Gang versperrt... vor allem, wenn es längere Zeit...«

Er zauberte ein Lächeln auf seine Lippen, näherte sich den Alten, barhäuptig im Nieselregen.

»Wenn Sie bitte wieder hereinkommen würden... Es war ein Irrtum... Ich möchte mich entschuldigen... Es ist ganz klar, daß...«

Begriffen Sie, was ihnen da widerfuhr? Sicher noch eine Katastrophe. Aber sie folgten ihm mit ängstlichen Gesichtern. Sie verstanden nicht, weshalb man sie in den Speisesaal führte, wo das Essen seinem Ende zuging.

»Na los, Germaine!... Das Gedeck für Monsieur und Madame Fulchi... Was soll das bedeuten?... Am Fenster, selbstverständlich... Was reden Sie da?... Wer gibt hier die Anweisungen?«

Und während die beiden Alten fast mit Gewalt hingesetzt wurden, zog er sich mit erneutem Lächeln zurück.

1940

Stanley G. Eskin

Simenon

Eine Biographie

Aus dem Amerikanischen
von Michael Mosblech

Stanley G. Eskins Biographie stützt sich auf Gespräche mit Simenon, mit Verwandten, Freunden, Verlegern des Autors sowie auf das riesige, erst bruchstückhaft erschlossene Material des Simenon-Archivs in Lüttich.

»Eskin erzählt so anschaulich, als habe er von dem Gegenstand seiner Studien die einfache, farbige, spannende Erzählweise gelernt.«
Frankfurter Allgemeine Zeitung

»Mit dem Index, den zahlreichen Anmerkungen, der vollständigen Bibliographie der Werke und der Verfilmungen wird dieser Band sicher die große umfassende Biographie des Schriftstellers werden. Eskin hält auch mit persönlichen Urteilen nicht zurück; sein Buch verdient daher Aufmerksamkeit und Hochachtung.«
Die Welt, Bonn

»Ich konnte nie glauben, daß Simenon wirklich existiert. Seine ungeheure Produktion, mein immer neues Staunen über die Vollkommenheit seiner Erzählungen, die psychologische Genauigkeit seiner unendlich vielen Figuren, die Eindrücklichkeit der Landschaftsbeschreibungen vermittelten mir stets das Bild eines hinreißenden Schriftstellers, das aber so ungreifbar und unbestimmt blieb wie etwa das Bild des Frühlings, des Meeres, das Bild von Weihnachten – Bilder, die man mit Vergnügen und unbewußtem Wohlbehagen in sich aufnimmt und erlebt, ohne daß sie imstande wären, die Begriffe in ihrer Dinghaftigkeit und Identität vollständig zu verkörpern.« *Federico Fellini*

»Mit Sicherheit das umfassendste Werk, das je über mich geschrieben wurde.« *Georges Simenon*

Georges Simenon im Diogenes Verlag

● Romane

Drei große Romane
Der Mörder / Der große Bob / Drei Zimmer in Manhattan. Deutsch von Linde Birk und Lothar Baier. detebe 21596

Brief an meinen Richter
Roman. Deutsch von Hansjürgen Wille und Barbara Klau. detebe 20371

Der Schnee war schmutzig
Roman. Deutsch von Willi A. Koch
detebe 20372

Die grünen Fensterläden
Roman. Deutsch von Alfred Günther
detebe 20373

Im Falle eines Unfalls
Roman. Deutsch von Hansjürgen Wille und Barbara Klau. detebe 20374

Sonntag
Roman. Deutsch von Hansjürgen Wille und Barbara Klau. detebe 20375

Bellas Tod
Roman. Deutsch von Elisabeth Serelmann-Küchler. detebe 20376

Der Mann mit dem kleinen Hund
Roman. Deutsch von Stefanie Weiss
detebe 20377

Drei Zimmer in Manhattan
Roman. Deutsch von Linde Birk
detebe 20378

Die Großmutter
Roman. Deutsch von Linde Birk
detebe 20379

Der kleine Mann von Archangelsk
Roman. Deutsch von Alfred Kuoni
detebe 20584

Der große Bob
Roman. Deutsch von Linde Birk
detebe 20585

Die Wahrheit über Bébé Donge
Roman. Deutsch von Renate Nickel
detebe 20586

Tropenkoller
Roman. Deutsch von Annerose Melter
detebe 20673

Ankunft Allerheiligen
Roman. Deutsch von Eugen Helmlé
detebe 20674

Der Präsident
Roman. Deutsch von Renate Nickel
detebe 20675

Der kleine Heilige
Roman. Deutsch von Trude Fein
detebe 20676

Der Outlaw
Roman. Deutsch von Liselotte Julius
detebe 20677

Die Glocken von Bicêtre
Roman. Neu übersetzt von Angela von Hagen. detebe 20678

Der Verdächtige
Roman. Deutsch von Eugen Helmlé
detebe 20679

Die Verlobung des Monsieur Hire
Roman. Deutsch von Linde Birk
detebe 20681

Der Mörder
Roman. Deutsch von Lothar Baier
detebe 20682

Die Zeugen
Roman. Deutsch von Anneliese Botond
detebe 20683

Die Komplizen
Roman. Deutsch von Stefanie Weiss
detebe 20684

Die Unbekannten im eigenen Haus
Roman. Deutsch von Gerda Scheffel
detebe 20685

Der Ausbrecher
Roman. Deutsch von Erika Tophoven-Schöningh. detebe 20686

Wellenschlag
Roman. Deutsch von Eugen Helmlé
detebe 20687

Der Mann aus London
Roman. Deutsch von Stefanie Weiss
detebe 20813

Die Überlebenden der Télémaque
Roman. Deutsch von Hainer Kober
detebe 20814

Der Mann, der den Zügen nachsah
Roman. Deutsch von Walter Schürenberg
detebe 20815

Zum Weißen Roß
Roman. Deutsch von Trude Fein
detebe 20986

Der Tod des Auguste Mature
Roman. Deutsch von Anneliese Botond
detebe 20987

Die Fantome des Hutmachers
Roman. Deutsch von Eugen Helmlé
detebe 21001

Die Witwe Couderc
Roman. Deutsch von Hanns Grössel
detebe 21002

Schlußlichter
Roman. Deutsch von Stefanie Weiss
detebe 21010

Die schwarze Kugel
Roman. Deutsch von Renate Nickel
detebe 21011

Die Brüder Rico
Roman. Deutsch von Angela von Hagen
detebe 21020

Antoine und Julie
Roman. Deutsch von Eugen Helmlé
detebe 21047

Betty
Roman. Deutsch von Raymond Regh
detebe 21057

Die Tür
Roman. Deutsch von Linde Birk
detebe 21114

Der Neger
Roman. Deutsch von Linde Birk
detebe 21118

Das blaue Zimmer
Roman. Deutsch von Angela von Hagen
detebe 21121

Es gibt noch Haselnußsträucher
Roman. Deutsch von Angela von Hagen
detebe 21192

Der Bürgermeister von Furnes
Roman. Deutsch von Hanns Grössel
detebe 21209

Der Untermieter
Roman. Deutsch von Ralph Eue
detebe 21255

Das Testament Donadieu
Roman. Deutsch von Eugen Helmlé
detebe 21256

Die Leute gegenüber
Roman. Deutsch von Hans-Joachim Hartstein. detebe 21273

Weder ein noch aus
Roman. Deutsch von Elfriede Riegler
detebe 21304

Auf großer Fahrt
Roman. Deutsch von Angela von Hagen
detebe 21327

Der Bericht des Polizisten
Roman. Deutsch von Markus Jakob
detebe 21328

Die Zeit mit Anaïs
Roman. Deutsch von Ursula Vogel
detebe 21329

Der Passagier der Polarlys
Roman. Deutsch von Stefanie Weiss
detebe 21377

Die Katze
Roman. Deutsch von Angela von Hagen
detebe 21378

Die Schwarze von Panama
Roman. Deutsch von Ursula Vogel
detebe 21424

Das Gasthaus im Elsaß
Roman. Deutsch von Angela von Hagen
detebe 21425

Das Haus am Kanal
Roman. Deutsch von Ursula Vogel
detebe 21426

Der Zug
Roman. Deutsch von Trude Fein. detebe 21480

Striptease
Roman. Deutsch von Angela von Hagen
detebe 21481

45° im Schatten
Roman. Deutsch von Angela von Hagen
detebe 21482

Die Eisentreppe
Roman. Deutsch von Angela von Hagen
detebe 21557

Das Fenster der Rouets
Roman. Deutsch von Stefanie Weiss
detebe 21558

Die bösen Schwestern von Concarneau
Roman. Deutsch von Ingrid Altrichter
detebe 21559

Der Sohn Cardinaud
Roman. Deutsch von Linde Birk
detebe 21598

Der Zug aus Venedig
Roman. Deutsch von Liselotte Julius
detebe 21617

Weißer Mann mit Brille
Roman. Deutsch von Ursula Vogel
detebe 21635

Der Bananentourist
Roman. Deutsch von Barbara Heller
detebe 21679

Monsieur La Souris
Roman. Deutsch von Renate Heimbucher-Bengs. detebe 21681

Der Teddybär
Roman. Deutsch von Ingrid Altrichter
detebe 21682

Die Marie vom Hafen
Roman. Deutsch von Ursula Vogel
detebe 21683

Der reiche Mann
Roman. Deutsch von Stefanie Weiss
detebe 21753

»... die da dürstet«
Roman. Deutsch von Irène Kuhn
detebe 21773

Vor Gericht
Roman. Deutsch von Linde Birk. detebe 21786

Der Umzug
Roman. Deutsch von Barbara Heller
detebe 21797

Der fremde Vetter
Roman. Deutsch von Stefanie Weiss
detebe 21798

Das Begräbnis des Monsieur Bouvet
Roman. Deutsch von H.J. Solbrig
detebe 21799

Die schielende Marie
Roman. Deutsch von Eugen Helmlé
detebe 21800

Die Pitards
Roman. Deutsch von Ingrid Altrichter
detebe 21857

Das Gefängnis
Roman. Deutsch von Michael Mosblech

Malétras zieht Bilanz
Roman. Deutsch von Irmgard Perfahl
detebe 21893

Das Haus am Quai Notre-Dame
Roman. Deutsch von Eugen Helmlé
detebe 21894

Der Neue
Roman. Deutsch von Ingrid Altrichter
detebe 21895

Die Erbschleicher
Roman. Deutsch von Renate Heimbucher-Bengs. detebe 21938

Die Selbstmörder
Roman. Deutsch von Linde Birk. detebe 21939

Tante Jeanne
Roman. Deutsch von Inge Giese. detebe 21940

Der Rückfall
Roman. Deutsch von Ursula Vogel
detebe 21941

Am Maultierpaß
Roman. Deutsch von Michael Mosblech
detebe 21942

Maigret-Romane und -Erzählungen

Weihnachten mit Maigret
Zwei Romane und eine Erzählung. Leinen

Der Goldene Gelbe 88
Einmalige Sonderausgabe. Enthält folgende Romane: Maigret amüsiert sich / Mein Freund Maigret / Maigret und die junge Tote. Deutsch von Renate Nickel, Annerose Melter und Raymond Regh. detebe 21597

Maigrets erste Untersuchung
Roman. Deutsch von Roswitha Plancherel
detebe 20501

Maigret und Pietr der Lette
Roman. Deutsch von Wolfram Schäfer
detebe 20502

Maigret und die alte Dame
Roman. Deutsch von Renate Nickel
detebe 20503

Maigret und der Mann auf der Bank
Roman. Deutsch von Annerose Melter
detebe 20504

Maigret und der Minister
Roman. Deutsch von Annerose Melter
detebe 20505

Mein Freund Maigret
Roman. Deutsch von Annerose Melter
detebe 20506

Maigrets Memoiren
Roman. Deutsch von Roswitha Plancherel
detebe 20507

Maigret und die junge Tote
Roman. Deutsch von Raymond Regh
detebe 20508

Maigret amüsiert sich
Roman. Deutsch von Renate Nickel
detebe 20509

Hier irrt Maigret
Roman. Deutsch von Elfriede Riegler
detebe 20690

Maigret und der gelbe Hund
Roman. Deutsch von Raymond Regh
detebe 20691

Maigret vor dem Schwurgericht
Roman. Deutsch von Wolfram Schäfer
detebe 20692

Maigret als möblierter Herr
Roman. Deutsch von Wolfram Schäfer
detebe 20693

Madame Maigrets Freundin
Roman. Deutsch von Roswitha Plancherel
detebe 20713

Maigret kämpft um den Kopf eines Mannes
Roman. Deutsch von Roswitha Plancherel
detebe 20714

Maigret und die kopflose Leiche
Roman. Deutsch von Wolfram Schäfer
detebe 20715

Maigret und die widerspenstigen Zeugen
Roman. Deutsch von Wolfram Schäfer
detebe 20716

Maigret am Treffen der Neufundlandfahrer
Roman. Deutsch von Annerose Melter
detebe 20717

Maigret bei den Flamen
Roman. Deutsch von Claus Sprick
detebe 20718

Maigret und das Schattenspiel
Roman. Deutsch von Claus Sprick
detebe 20734

Maigret und die Keller des Majestic
Roman. Deutsch von Linde Birk
detebe 20735

Maigret contra Picpus
Roman. Deutsch von Hainer Kober
detebe 20736

Maigret läßt sich Zeit
Roman. Deutsch von Sibylle Powell
detebe 20755

Maigrets Geständnis
Roman. Deutsch von Roswitha Plancherel
detebe 20756

Maigret zögert
Roman. Deutsch von Annerose Melter
detebe 20757

Maigret und die Bohnenstange
Roman. Deutsch von Guy Montag
detebe 20808

Maigret und das Verbrechen in Holland
Roman. Deutsch von Renate Nickel
detebe 20809

Maigret und sein Toter
Roman. Deutsch von Elfriede Riegler
detebe 20810

Maigret beim Coroner
Roman. Deutsch von Wolfram Schäfer
detebe 20811

Maigret, Lognon und die Gangster
Roman. Deutsch von Wolfram Schäfer
detebe 20812

Maigret und der Gehängte von Saint-Pholien
Roman. Deutsch von Sibylle Powell
detebe 20816

Maigret und der verstorbene Monsieur Gallet
Roman. Deutsch von Roswitha Plancherel
detebe 20817

Maigret regt sich auf
Roman. Deutsch von Wolfram Schäfer
detebe 20820

Maigret und der Treidler der »Providence«
Roman. Deutsch von Claus Sprick
detebe 21029

Maigrets Nacht an der Kreuzung
Roman. Deutsch von Annerose Melter
detebe 21050

Maigret hat Angst
Roman. Deutsch von Elfriede Riegler
detebe 21062

Maigret gerät in Wut
Roman. Deutsch von Wolfram Schäfer
detebe 21113

Maigret verteidigt sich
Roman. Deutsch von Wolfram Schäfer
detebe 21117

Maigret erlebt eine Niederlage
Roman. Deutsch von Elfriede Riegler
detebe 21120

Maigret und der geheimnisvolle Kapitän
Roman. Deutsch von Annerose Melter
detebe 21180

Maigret und die alten Leute
Roman. Deutsch von Annerose Melter
detebe 21200

Maigret und das Dienstmädchen
Roman. Deutsch von Hainer Kober
detebe 21220

Maigret im Haus des Richters
Roman. Deutsch von Liselotte Julius
detebe 21238

Maigret und der Fall Nahour
Roman. Deutsch von Sibylle Powell
detebe 21250

Maigret und der Samstagsklient
Roman. Deutsch von Angelika Hildebrandt-Essig. detebe 21295

Maigret in New York
Roman. Deutsch von Bernhard Jolles
detebe 21308

Maigret und die Affäre Saint-Fiacre
Roman. Deutsch von Werner De Haas
detebe 21373

Maigret stellt eine Falle
Roman. Deutsch von Angela von Hagen
detebe 21374

Sechs neue Fälle für Maigret
Erzählungen. Deutsch von Elfriede Riegler
detebe 21375

Maigret in der Liberty Bar
Roman. Deutsch von Angela von Hagen
detebe 21376

Maigret und der Spion
Roman. Deutsch von Hainer Kober
detebe 21427

Maigret und die kleine Landkneipe
Roman. Deutsch von Bernhard Jolles und Heide Bideau. detebe 21428

Maigret und der Verrückte von Bergerac
Roman. Deutsch von Hainer Kober
detebe 21429

Maigret, die Tänzerin und die Gräfin
Roman. Deutsch von Hainer Kober
detebe 21484

Maigret macht Ferien
Roman. Deutsch von Markus Jakob
detebe 21485

Maigret und der hartnäckigste Gast der Welt
Sechs Fälle für Maigret. Deutsch von Linde Birk und Ingrid Altrichter. detebe 21486

Maigret verliert eine Verehrerin
Roman. Deutsch von Ingrid Altrichter
detebe 21521

Maigret in Nöten
Roman. Deutsch von Markus Jakob
detebe 21522

Maigret und sein Rivale
Roman. Deutsch von Ingrid Altrichter
detebe 21523

Maigret und die schrecklichen Kinder
Roman. Deutsch von Paul Celan
detebe 21574

Maigret und sein Jugendfreund
Roman. Deutsch von Markus Jakob
detebe 21575

Maigret und sein Revolver
Roman. Deutsch von Ingrid Altrichter
detebe 21576

Maigret auf Reisen
Roman. Deutsch von Ingrid Altrichter
detebe 21593

Maigret und die braven Leute
Roman. Deutsch von Ingrid Altrichter
detebe 21615

Maigret und der faule Dieb
Roman. Deutsch von Stefanie Weiss
detebe 21629

Maigret und die verrückte Witwe
Roman. Deutsch von Michael Mosblech
detebe 21680

Maigret und sein Neffe
Roman. Deutsch von Ingrid Altrichter
detebe 21684

Maigret und Stan der Killer
Vier Fälle für Maigret. Deutsch von Inge Giese und Eva Schönfeld. detebe 21741

Maigret und das Gespenst
Roman. Deutsch von Barbara Heller
detebe 21760

Maigret in Kur
Roman. Deutsch von Irène Kuhn
detebe 21770

Madame Maigrets Liebhaber
Vier Fälle für Maigret. Deutsch von Ingrid Altrichter, Inge Giese und Josef Winiger
detebe 21791

Maigret und der Clochard
Roman. Deutsch von Josef Winiger
detebe 21801

Maigret und Monsieur Charles
Roman. Deutsch von Renate Heimbucher-Bengs. detebe 21802

Maigret und der Spitzel
Roman. Deutsch von Inge Giese. detebe 21803

Maigret und der einsamste Mann der Welt
Roman. Deutsch von Ursula Vogel
detebe 21804

Maigret und der Messerstecher
Roman. Deutsch von Josef Winiger
detebe 21805

Maigret hat Skrupel
Roman. Deutsch von Ingrid Altrichter
detebe 21806

Maigret in Künstlerkreisen
Roman. Deutsch von Ursula Vogel
detebe 21871

Maigret und der Weinhändler
Roman. Deutsch von Hainer Kober
detebe 21872

● Erzählungen

Der kleine Doktor
Erzählungen. Deutsch von Hansjürgen Wille und Barbara Klau. detebe 21025

Emil und sein Schiff
Erzählungen. Deutsch von Angela von Hagen. detebe 21318

Die schwanzlosen Schweinchen
Erzählungen. Deutsch von Linde Birk
detebe 21284

Exotische Novellen
Deutsch von Annerose Melter. detebe 21285

Meistererzählungen
Deutsch von Wolfram Schäfer u.a.
detebe 21620

Die beiden Alten in Cherbourg
Erzählungen. Deutsch von Inge Giese und Reinhard Tiffert. detebe 21943

● Reportagen

Die Pfeife Kleopatras
Reportagen aus aller Welt. Deutsch von Guy Montag. detebe 21223

Zahltag in einer Bank
Reportagen aus Frankreich. Deutsch von Guy Montag. detebe 21224

● Biographisches

Intime Memoiren und Das Buch von Marie-Jo
Aus dem Französischen von Hans-Joachim Hartstein, Claus Sprick, Guy Montag und Linde Birk. detebe 21216

Stammbaum
Pedigree. Autobiographischer Roman
Deutsch von Hans-Joachim Hartstein
detebe 21217

Simenon auf der Couch
Fünf Ärzte verhören den Autor sieben Stunden lang. Deutsch von Irène Kuhn
Mit einer Bibliographie und Filmographie und 43 Abbildungen. detebe 21658

Außerdem liegen vor:

Stanley G. Eskin
Simenon
Eine Biographie. Mit zahlreichen bisher unveröffentlichten Fotos, Lebenschronik, Bibliographie, ausführlicher Filmographie, Anmerkungen, Namen- und Werkregister. Aus dem Amerikanischen von Michael Mosblech
Leinen

Über Simenon
Zeugnisse und Essays von Patricia Highsmith bis Alfred Andersch. Mit einem Interview, mit Chronik und Bibliographie. Herausgegeben von Claudia Schmölders und Christian Strich. detebe 20499

Das Simenon Lesebuch
Erzählungen, Reportagen, Erinnerungen
Herausgegeben von Daniel Keel
detebe 20500

Klassische Polit-Thriller im Diogenes Verlag